U0830702

母语之约

李　强——————主编

刘洁岷　郑慧如——————执行主编

21世纪两岸诗歌鉴藏

（精编本）

東方出版中心

图书在版编目（CIP）数据

母语之约：21世纪两岸诗歌鉴藏：精编本 / 李强编著；刘洁岷主编. —上海：东方出版中心, 2020.1
ISBN 978-7-5473-1582-8

Ⅰ. ①母… Ⅱ. ①李… ②刘… Ⅲ. ①诗集－世界－现代 Ⅳ. ①I16

中国版本图书馆CIP数据核字（2019）第272295号

母语之约
——21世纪两岸诗歌鉴藏（精编本）

编　　著　李　强
主　　编　刘洁岷
责任编辑　潘灵剑
封面设计　钟　颖

出版发行　东方出版中心
地　　址　上海市仙霞路345号
邮政编码　200336
电　　话　021- 62417400
印 刷 者　山东鸿君杰文化发展有限公司

开　　本　890mm×1240mm　1/32
印　　张　10.5
字　　数　225千字
版　　次　2020年1月第1版
印　　次　2020年1月第1次印刷
定　　价　48.00元

版权所有　侵权必究
如图书有印装质量问题，请寄回本社出版部调换或电话021—62597596联系。

主　　编：李　强

执行主编：刘洁岷　郑慧如

编　　委（以姓氏拼音为序）：

陈大为　陈培浩　邓正兵　李海英
刘　奎　米家路　盛　艳　唐晓渡
颜炼军　杨小滨　张光昕　张桃洲
郑政恒　朱现平

编　　辑：夏　莹　倪贝贝　王继鸽

出　　品：江汉大学现当代诗学研究中心

目　录
Contents

阿九［加拿大］

墓志铭

我没有房子和后院
让我们的孩子在白色的栅栏里飞翔。

我没有戒指，十指之间延展的
是一枚高贵而无色的金属。

我没有床
来平息午夜暴乱的欢愉。

我没有梦，空白的睡眠
天醒时更加空荡。

我根本没有意识到，人到中年，手中
还没有一个灿烂的名词
是一种耻辱，
因为我爱过，以
每一滴精液，每一次心跳。

分　手

一个小语种的湮灭。
那失传的深喉音,含混的句式,
两个通电的身体
幽暗而透明的文法。

那些专有的名词
不可复制,无法借贷,
坚拒一切金石家细密爬梳的考证。

——均选自米家路主编:《四海为诗:旅美华人离散诗精选》,北岳文艺出版社 2014 年

阿翔

低　篇

美丽的小马从长堤上向我跑来
带着黑色的妖娆。
高高的树木掩映着
永无休止的流水
慢的时候,有半时的阳光,声音小极了。

一会儿我远远地想着那是什么
女孩空着身子跑神，身子是一束花
在河边，忧郁的小马
咀嚼着花
绳索垂了下来。
“说到寂静，我以为她是无辜的”
女孩已经长大，摆脱了失眠症
被一些事纠缠。
我数着她的步子
有时她侧卧着，撩起衣襟，像是在做梦
她的气味很干净。
耳边的风声仿佛遥远，我不停地喝酒
酒后就会看到美丽的小马
载着浮云和吃火的木头
小眼睛明亮着。

——选自马永波主编：《2009 最适合中学生阅读诗歌年选》，北方妇女儿童出版社 2009 年

安歌

约　会

那些东西早已交给了你
剩下的，冰凉的房间——

窗帘上的熊就要扑出来了
当你在想,站立的墙壁也会被
突然的晨光照亮

还有 30 年,还有
15 分钟,银器在擦亮的
战栗中

——选自《新汉诗》2004 年总第二卷

北岛(香港)

黑色地图

寒鸦终于拼凑成
夜: 黑色地图
我回来了——归程
总是比迷途长
长于一生

带上冬天的心
当泉水和密制药丸
成了夜的话语
当记忆狂吠
彩虹在黑市出没

父亲的生命之火如豆
我是他的回声
为赴约转过街角
旧日情人隐身风中
和信一起旋转

北京，让我
跟你的所有灯光干杯
让我的白发领路
穿过黑色地图
如风暴领你起飞

我排队排到那小窗
关上：哦明月
我回来了——重逢
总是比告别少
只少一次

——选自伊沙主编：《新世纪诗典：第一季》，浙江文艺出版社 2012 年

蔡炎培(香港)

漆咸道 42

——寄海伦

那时我们都年轻
短短的漆咸道
没有南没有北
入口是圣玛莉书院
隔篱玫瑰堂
再一两个车口儿
兵房重地
闲人免进
你说,我回家了
不舍。转回头
天长地久有时尽
谁送谁?
此情难再就是了

——选自《香港文学》2016 年 5 月总第 377 期

寄 素 人

素人:重阳后三天

母亲怀着十月的我
前去娘家西村吃外婆的寿面
面条有鸡有冬菇
还有自家菜蔬一碟碟
及归。增埗的夜
是一条青青石板路
月明。风好
栏里的猪猡鼾声大悦
祠堂外的旗杆
倒挂一个金色的池塘
内河船由石井那边回到岸
是了,夜三点
接生婆及时救了我母子的命

——选自《香港作家》2009年第1期

曹疏影(香港)

无　题

总有一天,我要用透明的材料
搭出亭台和楼榭
没有栏杆的小桥
台阶不再自下而上
水鸟也放弃一贯的角度

用无限的镜子制作无限的湖泊
在它上面,你看不见往昔的任何面孔
那时我就可以告诉你
这一切都是为你
这是我们的天地

即使是现在,我也可以写它
唱它,看见它
是的,我想看见就能看见
如同看见这样一个有冷有暖的今夜
你仍熟睡,物理学
仍存在于所有的哭泣之中

——选自微信号“星期一诗社”,2018 年 2 月 4 日

陈超

社稷坛后的小竹林

我们一家人沿着卵石甬道漫步
竹林自小径转弯的地方涌出。
妻子收住了脚,接着是我和妈妈
清风吹拂,林子平静而温和地摇曳
而竹林簌簌像是母语的古诗在岑寂中低吟
这即目的景象为何渐渐变得遥远——

恍惚来到了我们的前生
三个人挨近站着细语,对称于往世那三个人

阳光在大厅堂蓝色的飞檐上闪灼
而竹林却让出了光芒,耽于古老东方的
幽暗和沁凉。家中曾有或正在经历的磨难
我们承担得起。心灵的需要是这般简朴单纯
一片微响的竹林会轻拍并安顿一家人老派的心扉。
当儿子从玩厌的庑廊里溜回
他懵懂的催促声,也仿佛来自另外的岁月……

——选自陈超:《无端泪涌》,中国青年出版社 2015 年

陈舸

流年之酿

你踏进废弃的酒厂
桉树的种子、星星在消逝。
小提琴持续地呜咽
比星空邈远。寂静:雨中
褐色花冠,刺痛的肩膀。

没人看见蜂箱的幽暗,

工蜂死亡的轨迹,数字卷曲。
芦苇推开你张望的脸——
一个工厂,有更深的伤,
更多尘烟,掏出钥匙的疲倦。

身体之外,孤独的酒精
已经被鲜血收拾干净。
那些成熟的稻米,酸果子
不必再去等,阴沉沉的秋天
或最后的阳光。你永不能

进入这空寂的酒厂。
虽然雨水还要让那些堆积的
木头朽烂,蜜蜂
要让石榴花茫然受孕,水面
还要散发出铁锈的气味。

——选自张伟栋编:《中国新诗百年大典·第二十九卷》,长江文艺出版社 2013 年

沉河

种　子

父亲今日露出了少见的笑容

他指着小区绿化带里一棵
枇杷树苗说：这是我种活的
前年，他在楼栋门前扦插了
一棵栀子花树，也是这么开心
不止一次要对我强调
这是我种活的
做了一辈子农活的父亲进城后
让他最为羞涩的事是
我们每每吃完一个瓜果
他都把那些瓜果的种子
藏起来。但他找不到一块地
种下它们。每次出门转悠
他像做贼一样，把那些种子
丢弃在绿化带里。老天保佑
现在绿化带里常常冒出一些
野生的树苗或农作物
最为幸运的是一年夏天
小区一块较为荒凉的地上
结上了几个西瓜
父亲并不占有它们
他在小区里不停地巡视，像一个
最为志得意满的父亲

——选自川上主编：《象形》，长江文艺出版社2016年

陈先发

鱼篓令

那几条小鱼儿，死了吗？去年夏天在色曲
雪山融解的溪水中，红色的身子一动不动。
我俯身向下，轻唤道："小翠，悟空！"他们墨绿的心脏
几近透明地猛跳了两下。哦，这宇宙核心的寂静。
如果顺流，经炉霍县，道孚县，在瓦多乡境内
遇上雅砻江，再经德巫，木里，盐源，拐个大弯
在攀枝花附近汇入长江。他们的红色将消失。
如果逆流，经色达，泥朵，从达日县直接跃进黄河
中间阻隔的巴颜喀拉群峰，需要飞越
夏日浓荫将掩护这场秘密的飞行。如果向下
穿过淤泥中的清朝，明朝，抵达沙砾下的唐宋
再向下，只能举着骨头加速，过魏晋，汉和秦
回到赤裸裸哭泣着的半坡之顶。向下吧，鱼儿
悲悯的方向总是垂直向下。我坐在十七楼的阳台上
闷头饮酒，不时起身，揪心着千里之外的
这场死活，对住在隔壁的刽子手却浑然不知。

最后一课

那时的春天稠密，难以搅动，野油菜花

翻山越岭。蜜蜂嗡嗡的甜，挂在明亮的视觉里
一十三省孤独的小水电站，都在发电。而她
依然没来。你抱着村部黑色的摇把电话
嘴唇发紫，瑟瑟直抖。你现在的样子
比五十年代要瘦削得多了。仍旧是蓝卡其布中山装
梳分头，浓眉上落着粉笔灰
要在日落前为病中的女孩补上最后一课。
你夹着纸伞，穿过春末寂静的田埂，作为
一个逝去多年的人，你身子很轻，泥泞不会溅上裤脚

——均选自陈先发：《写碑之心》，长江文艺出版社2011年

陈育红（台湾）

异　邦

十座火山都已经安睡
这是最好的情况你在我身边
前后左右上下
雨声哗哗响得幽寂这拥挤的雨
一重重反锁的门
我们在门的张弛在床与异邦言语的
陌生中摸索

我从断汛的海岸来
那里没有火山仿佛黑色罂粟
不熄的灯塔
这是最好的情势在夜晚你等我
我的脚步比雨滴更轻更透
不会遗落窗下
窗是阿波罗的但床属于狄奥尼索斯

荒废的旅店绣球花摇晃它们
孩童般的卷发姹紫嫣红
不合理的梦
内战与地震与磨碎的咖啡豆
都过去了过期了所以
这是最好的姿势
眼睛和闪电的眼睛小腹和火山的小腹

连夜的雨以及屋檐倾斜的
回答

——选自陈育红：《之间：陈育红诗选》，台北洪范书店有限公司2011年

代薇

一间布匹店

时间由一把木尺来移动
那些呢面平绒绸缎的白天
悬垂着一条街的起伏
每一寸都熨帖合身
一匹布的展开
应该还是一面铜镜扁平移动的影像
马或者客栈
对面门楼上的茶肆
金耳小花瓷罐的旁边
有彩绘的漆盒
里面是秋冬淡青的天气
下午的阳光从磨白了的柜台退下去
一点一点查看地上的小方砖
在城南水是缓慢的
一把花剪子驶向阴丹士林布的蓝
没有抽丝的时光
在各层各屉有更好的保存
以及片段的复原

——选自《星星》2004 年第 3 期

戴潍娜

炒 雪

喜欢这样的一个天
白白地落进了我锅里

这雪你拿走，去院外好生翻炒
算给我备的嫁妆
铺在临终的床上

京城第一无用之人与最后一介儒生为邻
我爱的人就在他们中间
何不学学拿雄辩术捕鱼的尤维亚族
用不忠实，保持了自己的忠诚
这样，乱雪天里
我亦可爱着你的仇家

——选自戴潍娜：《我的降落伞坏了》，四川文艺出版社2016年

丁当

南方之树

在八月的枕头下面
你的梦想注定要发出黑芽

空调机为反复无常的生活战栗
它覆盖的家园已是冬天

黄昏啊,我看着你渐渐沉没
像一个妓女沦落异乡

我看见窗外的石头渐渐长大
祖父正和一只蚂蚱玩耍

在注满香槟的游泳池里
孩子们正轻轻呼唤救命

无数棵树正向南方迁徙
盼望结出螃蟹和基围虾的果实

本地又有一只钟流产了
一夜之间婴儿已占领大街小巷

别在马路上说爱我

昨夜在幸福大道上，一个少女因车祸而亡

——选自丁当：《房子》，长江文艺出版社 2015 年

丁小琪

光线在视觉之外透过来

光线在视觉之外透过来
我首先看到了三把椅子
一眼就认出是我曾经坐过的椅子
像是受了邀请
像是被谁积攒起来一起送到了我的面前
葡萄架下我坐过的藤椅
圆桌旁边敦实的木头椅
镂空钩花织物蒙盖的墨绿色皮椅
它们都是我过去日子里很亲密的部分
然后我看到洗衣服用过的水龙头
时钟一样间隔均匀地滴着水珠
一会工夫它就下沉了
我伸手已经够不着了
很多时候我以为过去的日子都死了
现在看来它们活得好好的

——选自《新汉诗》2004 年总第二卷

范雪

街 道 上

走在被争抢的街道上
旁边是独占的土地和空气
所有的青年人都廉价地聚会
所有上年纪的人都用心养寿命

这座城里,到处都有
男男女女,忙碌着寻求财富
包括出生在五七干校的他
包括长大在三线工厂的她这些名字现在有了牧歌风味
人们快速地升降、沉淀
杯中的可乐滋滋旋回瓶内
走过当时的街道,还握着一张白色的传单

——选自范雪:《走马灯》,华东师范大学出版社 2017 年

方路[马来西亚]

一个孩子睡在利比亚的鸡啼声中

1.

你看二三月烟花
在远远的夜
散成一种有薄荷苦味的鸡啼
不确定是否有雷声
天际一直传来骚耳回音
陌生的
从来没有在家乡敲过,像不断磕头的音质

你告诉我附近有很多盆栽
种植一个个熟悉的亲人的名字
他们躺着说
沉睡片刻
烟花和雷的回音
很快会消失
就如溪水很快离开缠绵过的砾石

你说有时难免寂寞
像一个人离开家乡
面对的是整个起鸡皮疙瘩的沙漠

2.

你伸出舌
尝试捆好皮箱
顶在头上
这种姿势是默许远走他乡
不知要经过多少村落
不知要数落多少弹孔

你说这里不再是童年相伴游戏的花圃
秃鹰经常出没
这是最惧怕的童年的伴
鸡啼声仍亮着
像要吵醒睡去的孩子

你看二三月烟花
不知会持续到什么时节
离开家乡时
只带走井圈上的一捆视线
路上里程碑
早已成为最后一滴纯粹水珠。

——选自焦桐主编:《2011 台湾诗选》,台北二鱼文化事业有限公司 2012 年

方群(台湾)

蜘蛛人

在腐败都市的结构接缝处,我们
卑微地生存
用苦思酝酿人生成败的经纬线,悄悄
编织着若有似无的曲折梦想

那是很久很久以前的传说了……
王子和公主一直都没醒来
只有几只失眠的飞行甲虫
连夜穿越不停燃烧的殷红蕈状云

在第 N 次核战结束之后
散乱的记忆档再度归零,我们
周而复始地环绕着布满辐射尘的地球
缓缓吐出红色的基因血丝
垂吊着一个不能成形的
待续句

——选自颜艾琳、潘洗尘主编:《生于 60 年代:两岸诗选》,台北文讯杂志社 2013 年

冯娜

陪母亲去故宫

在这里住过的人不一定去过边远的滇西小镇
住在那里的人接受从这里颁布的律令、课税、无常的
　喜怒
尽管门敞开着，钥匙在拧别处的锁孔
尽管珍宝摆在玻璃柜中，影子投射在人群触不到的位置
穿红戴绿的人走来走去，讲着全世界的方言
母亲问我，早上最先听见的鸟鸣是喜鹊还是乌鸦
我想了一会儿，又一会儿
不知这里的鸟是否飞出过紫禁城
不知鸟儿可会转述我们那儿的风声

——选自冯娜：《无数灯火选中的夜》，中国青年出版社2016年

高柳

一幅画的诞生

穿衣的绅士和裸身的女人

坐在草地上
马奈长长的画笔挥起
世界一片肃静

树叶纹丝不动
白色的欲望纹丝不动
马奈的眼睛纹丝不动
一只红色的蜻蜓飞来
煽动忧郁
调色板上的色彩
裸身女人的双唇
以及穿衣绅士的胡须
都那么孤独
马奈说：我要等乌云

有一个人
从密林深处而来
他带着刚刚画下的一片晴空
交给马奈
马奈的画布开始饥饿
已经是吃午餐的时候了
这人于是和绅士和女人狼吞虎咽起来
马奈谢绝邀请
抬头望着天空

马奈在等乌云

午餐之后　乌云君临
马奈再次提起画笔
他知道
风靡世界的时刻
已经到来

——选自高柳微信

高晓松

如果有来生

以前人们在四月开始收获
躺在高高的谷堆上面笑着
我穿过金黄的麦田
去给稻草人唱歌
等着落山风吹过你从一座叫“我”的小镇经过
刚好屋顶的雪化成雨飘落
你穿着透明的衣服
给我一个人唱歌
全都是我喜欢的歌

我们去大草原的湖边
等候鸟飞回来
等我们都长大了就生一个娃娃

他会自己长大远去
我们也各自远去
我给你写信你不会回信
就这样吧

——选自伊沙主编:《新世纪诗典:第五季》,浙江人民出版社 2016 年

耿占春

贼的故事

寒冷的深夜,一个人在大佛塑像下徘徊
终于爬上佛像的肩头,试图取下大佛发髻
镶着的金子。可他还不及佛的耳垂
恍然,佛像垂下了头,慌张中他抓获了金子

许多年后,一个贼成为佛的信徒
许多年后,我们再也难以成为这个幸运的贼
更难成为一个有信仰的人,因为这片土地上
众多的佛像再也不肯垂示一点点神迹

哪怕把你平伸的施无畏手印弯一下小拇指
或者对这个以贼为师的世界眨一下
你慈悲的眼皮,贼人也会改变,然而

在平淡的岁月里,谁都能够像佛本身那样

在一个贼人的非分之想面前,再次把头垂下
假如金子还在那里的话。因此我同意
这个故事的寓意而不是故事本身。或许
相反?我喜欢这个故事,而不赞成它的寓意

——选自泉子主编:《诗建设》总第 4 期,作家出版社 2012 年

哈金[美国]

在纽约

我在金色的雨中
沿着麦迪森大道缓步而行,
载着太多的词语。
它们来自那一页——
说个人对于部族
多么不足轻重,
就像蜂窝继续繁荣,
虽然一只蜜蜂消失了。

这些词语在我背上
咬啊咬啊,

直到钻进我的骨头里——
我变成另一个人，
孤独，漂泊，
不再梦想运气
或遇到朋友。

没有智慧像霓虹灯
和红绿灯那样闪亮，
但有些词语真实得
如同钱眼，黄计程车，
和窗台上的肥鸽子。

活 埋

皇上终于下了圣旨——
我们开始没收书籍，
逮捕那些诋毁皇室
借古讽今的文人。

举国上下所有书籍一个月内
统统充公，除了农书，
占卜书，医书。
违者一律斩九族。

几百名文人被押到
极乐殿，由学识相当

口才相匹配的大臣们审判。
太阳从敞开的窗子里洒进来，

我们的刀剑在阳光下闪亮。
文人们的脸唰地惨白。
他们互相指责，
要尽花招保全自己的小命；

有的吓得尿湿了袍子，
有一个还没受审就闭了气。
谢天谢地谢神的报应！
我们把四百多人拖出去，

准备扔进一个大公墓。
真过瘾啊，扇他们的耳光，
用刀剑抽打他们的屁股，然后推下去。
看那些花言巧语现在还有啥用。

他们满脑子的智慧哪去了？
在我们的铁锹下，在焚书的烟火中，
他们拼命喊娘，大叫“兄弟饶命”，
但任何好话都挡不住滚滚黄土。

——均选自米家路主编：《四海为诗：旅美华人离散诗精选》，北岳文艺出版社2014年

海波

刺绣的奴隶

在柿子和狗之间
一个小小帝王，黑暗中
交换黄金
月色下杀鱼的人
纸上行走

对那些
我们还看不到脚的东西
我们，仍可以称它为爬行动物

妈妈
八点钟的新娘
就要刷牙，刷牙
死去的士兵。香料中再次分娩
刺绣的奴隶，从绸缎上醒来
如果没有黏土和羽毛
没有养伤的海盗
清点纸牌，碰落的银币
面朝十六世纪，向后翻滚
大海，终究是个笑话书写直肠史诗的敌人妻子
手指上佩戴闪电

把不易清洗的地方
埋得更深

三月七日啊，你在哪里
这里，只有积雪
静静等候灰尘降落
几头母牛
通过慢跑获取爱

——选自余丛编：《见字如晤：当代诗人手稿》，暨南大学出版社 2015 年

海因

故　事

知道吗？我已经有了一个很好的故事。
多日来，我一直在故事中走来走去
我在寻找机会接近你，甚或把你当面堵住。
知道吗？这里的楼梯已被我走遍了
房间号也让我背得烂熟
但是，至今还没有实质性的进展。
多需要一种关系的发展
多需要那些线段和平面的突然生动。
如果有一天你能在那个平面上、那个

并不稳定的三角地带出现
还穿着你灰黄色的上衣,黑色的长裤
长发飘飘荡荡迷乱我的双眼。
请你回头认真地看上一看:
在那个墨绿色的矩形场地上,
我的身体已高高矗起。头发闪着亮光。移动。
大声地咳嗽着。像所有的正人君子一样急不可待。
应该说我们一开始就处在某种线段的关联中
只是我们所属的面儿不同:
你也许代表了那三角形,但我是矩形。
所以你执着我虚伪。
总是彼此需要,总是僵硬地问好
总是擦肩而过……
然后是另一天,另一天再重复下去。

——选自诗生活网,诗人专栏“海因诗选”

韩东

这些年

这些年,我过得不错
只是爱,不再恋爱
只是睡,不再和女人睡
只是写,不再写诗歌

我经常骂人,但不翻脸
经常在南京,偶尔也去
外地走走
我仍然活着,但不想长寿

这些年,我缺钱,但不想挣钱
缺觉,但不吃安定
缺肉,但不吃鸡腿
头秃了,那就让它秃着吧
牙蛀空了,就让它空着吧
剩下的已经够用
胡子白了,下面的胡子也白了
眉毛长了,鼻毛也长了

这些年,我去过一次上海
但不觉得上海的变化很大
去过一次草原,也不觉得
天人合一

我读书,只读一本,但读了七遍
听音乐,只听一张 CD,每天都听
字和词不再折磨我
我也不再折磨语言

这些年,一个朋友死了
但我觉得他仍然活着
一个朋友已迈入不朽

那就拜拜，就此别过
我仍然是韩东，人称老韩
老韩身体健康，每周爬山
既不极目远眺，也不野合
就这么从半山腰下来了

山东行

驱车行驶在山东的土地上
意识到这是老区，这是老区……
看见了白杨树，哦，永远的白杨树！
灰蒙蒙的远山，仿佛有硝烟飘浮其间
石头垒砌的院墙像堡垒一样的结实
而悬挂的玉米棒子何时迸裂？像手雷
将和平的种子撒向这贫瘠的山乡
在这里，战争仿佛已经获得了永生
就像一块土地的季节性休耕
战时的儿女不改沧桑坚毅的面容

仿佛是在一部老电影里旅行，或者
正撰写新的传奇
大娘的三个儿子都在城里上班
她和老伴坚守在走空了的村子里
去年老伴被一辆农用汽车轧死了
对方无钱赔偿，进了班房
大娘的脸上没有悲戚，颜色

就像她卖的栗子一样深
我们冲大娘咧嘴傻笑，直到牙龈毕露
犹如这漫山遍野绽开的红石榴

——均选自韩东：《你见过大海：韩东集 1982—2014》，作家出版社 2015 年

何袜皮［美国］

大雪封山时，希望你能来看我

在大雪封山之时
你步行来看我
我让你挑选
炉子上的热牛奶
或是我正饮着的
绿苦艾酒？

我不否认，我们即将老去
但今夜，会很长
请，不要着急

在大雪封山之时
群星偎依山影
我们挨壁炉而坐

我一如众人前的拘谨

你说,今夜
孤独不可耻
沉默也不难堪
一颗火星落在你的毛衣上
我慌忙为你掸去
你瞳孔中倒映的炉火正烈
或者,接吻
或许,这也并不重要

在大雪封山之时
我希望,你能绕道
来看我
带来雪地里浅埋的松果
以及冰的潮湿

——选自米家路主编:《四海为诗:旅美华人离散诗精选》,北岳文艺出版社 2014 年

何小竹

二泉映月

我刚学二胡的那一年

开始练习这首曲子
我拉不好，今天也没把这首曲子拉好
但我有信心
在电影中扮演他
他叫阿炳，一个旧社会的瞎子
也是无锡的一个道士
是他拉的这首曲子
他很穷，一辈子靠一个妓女生活
我可以演好这个角色
我已经准备好了
只等一个导演
来对我说
阿炳，开始吧

——选自《星星》2004 年第 3 期

黑丰

房　子

几天前
一个医生来看了房子
吐出三个阿拉伯数字

一个朴素的女人来了

一个没有附加成分
一个飘逸着水竹香味
一个越过了修辞草丛的女人来了
她拍出衣襞中几只凤蝶
就低头走进了房子
她就这样成了我日后的妻子

她建议我从木质或水竹的内部
来修缮房屋
——暖和

一天
我携着女人
有血有肉地经过一座孤坟
看见一块别致的预言
看见了熟睡中的医生
和熟睡中的206

——选自黑丰:《猫的两个夜晚》,十月文艺出版社2017年

鸿鸿(台湾)

不管我在哪儿

不管我在哪儿,我都不在那里

不管我说了什么,我都是别的意思
不管我梦见什么,我都一样清醒
我爱,但我爱的不是别人,也不是你

如果我的心剧烈跳动,那只是因为
他们的心也跳得同样剧烈,同样无声——
那些睡在陌生人身旁的新娘
那些离乡背井的工人
那些在革命广场上呐喊
却突然感到茫然的学生
那些被自由束缚的情人

注视我,我便在你眼里
吻我,我便在你舌尖
握紧我,我便在你手掌中呼吸
忘记我,我便永远在你心底

——选自向阳主编:《2008 台湾诗选》,台北二鱼文化事业有限公司 2009 年

虹影

坛 子

放人放坛子在你床上要整个周末

我只需一个眼神
别人装水
而我装火的沙
装父亲的眼睛
沉浸在黑暗中 82 年的美

我读了好些人的诗
包括你
在这个夏天,漫长的等待中
预想我将如何在春天用诗杀死你
苹果重新开花
苹果已经落地,像你用沉寂
将我的呼吸封住
你,你才是我的父亲

——选自《新汉诗》2004 年总第二卷

侯马

留　学

在欧洲生活了一段时间
我们学会了像当地人一样
碰见陌生人也微笑
但是偶尔碰见同胞

我们还是像在国内一样
板起严肃紧张的面孔

——选自伊沙主编:《新世纪诗典:第一季》,浙江文艺出版社 2012 年

胡弦

窗　外

只有在火车上,在漫长旅途的疲倦中,
你才能发现,
除了火车偶尔的鸣叫,这深冬里一直不曾断绝的
另外一些声音:窗外,大地旋转如同一张
密纹唱片。
脸贴着冰凉的玻璃,仔细听:
群山缓慢、磅礴的低音;
大雁几乎静止的、贴着灰色云层的高音;
旷野深处,一个农民:他弯着腰,
像落在唱片上的
一粒灰尘:一种微弱到几乎不会被听见的声音。

——选自《诗歌 EMS》2011 年总第 126 期

胡续冬

新　年

我怀念那些戴袖套的人，
深蓝色或者藏青色的袖套上，沾满了
鸵鸟牌蓝黑墨水、粉笔灰、缝纫机油和富强粉；
我怀念那些穿军装不戴帽徽和领章的人，
他们在院子里修飞鸽自行车、摆弄锃亮的
剃头推子、做煤球、铺油毛毡，偶尔会给身后
歪系红领巾的儿子一记响亮的耳光，但很快
就会给他买一支两分钱的、加了有色香精的冰棒；
我怀念那些在家里自己发豆芽的人，
不管纱布里包的是黄豆还是绿豆，一旦嫩芽
顶开了压在上面的砖块，生铁锅里
菜籽油就会兴奋地发出花环队的欢呼；
我怀念那些用老陈醋洗头的人，
在有麻雀筑巢的屋檐下，在两盆
凤仙花或者绣球花之间，散发着醋香的
热乎乎的头发的气息可以让雨声消失；
我怀念那些用锯末熏腊肉的人，用钩针
织白色长围巾的人，用粮票换鸡蛋的人，用铁夹子
夹住小票然后啪的一声让它沿着铁丝滑到收款台去
　的人；
我怀念蜡梗火柴、双圈牌打字蜡纸、

清凉油、算盘、蚊香、浏阳鞭炮、假领、
红茶菌、“军属光荣”的门牌、收音机里
“我们的生活充满阳光”的甜美歌声……
现在是2003年了。我怀念我的父母。
他们已经老了。我也已不算年轻。

——选自胡续冬:《日历之力》,作家出版社2007年

胡燕青(香港)

文学史

那个常来饮咖啡的人
买了咖啡就坐下,打开一本书
有时打开笔记本计算机,有时只是笔记本
有时光来瞌睡,留小半杯做未饮完的见证
或者又再买,买一个位子的权利
他总是不走,也没有人赶他走
他已经有足够的岁月
他已经有足够的岁月
他已经有足够的岁月
去留下一点咖啡渍
滴下的,接下的
故意倒在桌上的
他已经有足够的岁月

被抹桌子的嫌恶
她湿布一挥
就没了
桌子很光滑
眼角也如湿布
抹过另一个
爱饮咖啡的人
无声地说：坐，这里清洁

——选自《香港作家》2016 年 9 月

黄斌

看父母合坟

父亲走了六年　来凤凰山和母亲同穴
我无法考证五十多年前　他们如同第一次
在新店镇的石板街上相遇
普通人的故事一样可以冗长　虽说可能没有意义
但这并不妨碍他们像两条鱼　生活在同一个缸里
相濡以沫四十年
而后以灰烬的形式相聚

——选自川上主编：《象形》，长江文艺出版社 2006 年

黄灿然(香港)

不敢相信

我不敢相信,那个在不远处
向我展露世界上最美丽的微笑的女人
和那个有着雕塑般的玲珑剔透的脸孔和美眉的女人,
和那个穿一件白色短衫露出白色小臂膀的女人,
还有那个像刚刚大学毕业的扎起辫子的女人,
还有那个在晚餐时坐在我对面的
聪明、活泼、狡黠、风趣、难以捉摸的女人,
此刻,在夏夜清澈的月光下,
此刻,在阵阵凉风的吹袭下,
正贴着我的脸孔,在我的唇下,
在我的怀中……我吻着她,
端详她,还是不敢相信,不敢相信
她就是她们,她们就是她。

小巴上的秘密

人有多少秘密啊! 我前面坐着
一个六十开外的男人,他两鬓白发,

看上去历尽沧桑,如果是去年这个时候

我心里定会涌起无限的悲伤。

但我大概不会想到,像我此刻想到
他可能也有秘密,像我此刻的秘密:

我刚和你度过一段漫长
但还是嫌太短暂的时光。

——均选自《台港文学选刊》2018 年第 1 期

黄礼孩

街 道

该去信赖什么事物
一个人在这里
很快被城里的喧嚣淹没
他想把盛大的广场
变成牧场
可是他不能,在这个下午
他的愤怒,仍显得多情

一个微不足道的人
隔着一条街
在这个下午,只管朝前走

心想着对面的事情

——选自张伟栋编:《中国新诗大典·第二十九卷》,长江文艺出版社 2013 年

简政珍(台湾)

叮咛(之二)

窗外的鸟声有嘈杂的人声作证
不是大选后的哭泣,也不是不安的叮咛
气象报道已经都是斑斓的天候
不要问我拐杖遗失何处
也不要问我长廊的轮椅将溜向何方
儿啊,我只要你拉开布满尘垢的窗帘
让我看一眼长期爽约的太阳

离去之前,请将这个装满馊味的花瓶
送给那个忘记笑容的护士
医生来的时候,请他稍待片刻
让我准备就绪,准备
腾空这个色彩过重的房间
并向他致谢,让我一年来
错失了岛国缤纷的政治伦理

也请你在报纸登一则分类广告
有谁要这一条过度漂白的床单?
至于床头柜子里的蟑螂
不要再喷杀虫药了
感谢它们夜晚以搜寻食物的声音作伴
让我凝视黑暗时,有点异味的思维
至于柜子里那本虫蛀的圣经
请你补上脱落的页码

至于天国,既然越来越远
即使不要那副老花眼镜
我也不会迷失
儿啊,离去时
请不要干扰我和鸟声啁啾的对话

——选自简政珍:《失乐园》,台北九歌出版社有限公司 2003 年

蒋静米

日　常

一个别人的妻子在我家里
她抱怨丈夫的恶行
又流了不少眼泪

拉上窗帘
反复把脸埋进床单
生怕看见灰色的鸟
从窗外的栅栏间闪现
她不时开关我的冰箱门
从里面拿出一只皱缩的李子
几根鸭锁骨　一瓶啤酒
后来天黑了
她还是回家了
带走了我的开瓶器
我很难过
那是我唯一的开瓶器
那之后
我总是用牙齿打开酒瓶

——选自《台港文学选刊》2017 年第 3 期

姜涛

鸟　经

我原以为,和你早已分别
夜间可以独自摸索到纸和方向
为此,我还重新装修了房子,注销了
你在此地的户籍,并准备

从女友中连夜选拔出一个女主人
过生活
不想,你又回来了
就在隔墙的小区,正为富人献艺。
可巧那顶楼的一场华宴也把
这边的夜空映红了,让我不由猜想
你现在衣着的甜俗,表情的夸张
但你肯定是感冒了:声音断续而且嘶哑。
肯定是太辛苦了
在离别的日子里,不知又迷住了
多少哈拉的男人,用你舌尖的一点婉转泉水
在污染的大气中,为他们导航。
当然,我也一度这样,抱着书桌
一路追随你:从桥头到邮局
从海淀到东城
记下的心事,有时也留在了床上
这都是往事了,不提了——
多希望你能飞过墙来再看看我
现在的我,看看我的新居和新娘
什么星移斗转,人海沧桑
其实,什么都没变
一山一石,我还是住在
过去的沙盘里

——选自姜涛:《鸟经》,上海三联书店 2005 年

江雪

策兰[1]的一个下午

策兰的一个下午，在河边，观察德国的倒影。
当它依旧模糊不清的时候，他在河底睡着了。

——选自《滇池》2013年第10期

靳小蓉

棉　花

在泥土的黯淡背景中
你太白太亮，像用于展览的银器
不来自土地的出产
我把你带回故乡
让你接接地气，长得壮实
让它的风物把你打磨得钝一点
像你外祖父的手掌
带着挂起棉绒的毛刺

---

① 策兰，即德国诗人保罗·策兰（Paul Celan，1920—1970）。

你站在高高堆起的棉桃垛旁
拈起炸开的棉花，把它递给我
在故乡平原阴雨绵绵的初冬
人们终日坐在大竹匾周围剥棉花
有时开着电视听着相声剥
有时打着呵欠打着瞌睡剥
棉花像你一样白得丰美柔软
受到人们的珍视

而我受过的最好的教育
是在晒花帘子底下捡那些漏下来的细小棉瓣
每个傍晚，帘上摊晒的棉花已经归拢
我钻进帘下，一粒粒拾取发黑的小瓣
从这头到那头，蹲着往前移
帘下寂静，乡村无声，地上微生青苔

——选自江汉大学人文学院、江汉大学武汉语言文化研究中心编：《隔山来信：江汉大学新诗读本》，北岳文艺出版社 2017 年

敬文东

自撰的墓志铭

我活了 100 岁
——这归功于上天的厚意。

我写过几本速朽的书
——仅仅为了把空白的日子填满。
我笑过，哭过，愤怒过，咒骂过
——对此我很满足。
我急躁、易怒、好斗、偏执
——现在我能平静地看待生死。
我遇到过一些挫折、近乎垂直的陡坡
——这实在算不了什么。
我去过许多有名无姓的地方
——但还有更多的要留到来世。
我帮助过少数几个人
——他们都报答了我。
我犯过太多的错误
——好在没有伤天害理。
我仇恨过世界、群众和弱智者
——我要说，这确实不是我的本意。
我赢得了少数几个人的爱
——来生一定要加倍偿还。

——选自敬文东微信

鲸向海（台湾）

静　物

光安歇了，变成了影子

策马经过的人安歇了，变成了传奇
隆冬安歇了，千山万水在大雪中归零
不明飞行物迷航了，在梦的切线方向被遗弃
瞳孔深处的灵魂被改造虚拟了
人影憧憧在信纸上的小方格里交错度日
见过面之后，雨季就这样断断续续
我们还联络着
变成了静物

——选自杨小滨编：《中国新诗百年大典·第二十六卷》，长江文艺出版社 2013 年

莱耳

我确信

又下雨了，
我确信是你让我认识到这些的：
桌子和椅子，雨水和蚂蚁，
前天凌晨和今天上午与松枝，
陌生人和一件旧衬衣，
沉默和睡眠，
请刷卡进门和你好，
楼斗菜和罗马柱，
一个年轻妈妈的哀怨和泛滥的江水，

烟灰缸、土豆和安静的高原，
一根针和一袋温暖的芒果，
你，和三种天气，之间的奇特的直接的关系。

——选自诗生活诗人专栏“水之湄”

赖彧煌

“虚无的静物与挑刺的男孩”①

鼎盛的世纪，黄金时代
荷兰也保证不了的信念

美惠女神夹在含混的线条中
速写本坠下，画框外的画家

来不及仔细打磨，构图新拟
更多的念头攫住造影的难题

摆出石膏的古罗马复制品
没有大历史的胸襟也无妨

在飘忽的画布打上光和色
少年停在阳光喧响的晌午

---

① 《虚无的静物与挑刺的男孩》(1628)为彼得·克拉斯画作，现收藏于荷兰阿姆斯特丹国立博物馆。

为了把足底的刺看得更清楚
锃亮的高脚杯和更亮的头骨

如静物临摹的对象匍匐，擦出
闪电掠过小提琴幽暗的声响

——选自赖彧煌：《哑语和手势》，海峡书局 2015 年

雷平阳

存文学讲的故事

张天寿，一个乡下放映员
他养了只八哥。在夜晚人声鼎沸的
哈尼族山寨，只要影片一停
八哥就会对着扩音器
喊上一声："莫乱，换片啦！"
张天寿和他的八哥
走遍了莽莽苍苍的哀牢山
八哥总在前面飞，碰到人，就说
"今晚放电影，张天寿来啦！"
有时，山上雾大，八哥撞到树上
"边边，"张天寿就会在后面
喊着八哥的名字说，"雾大，慢点飞。"
八哥对影片的名字倒背如流

边飞边喊《地道战》《红灯记》
《沙家浜》……似人非人的口音
顺着山脊，传得很远。主仆俩
也借此在阴冷的山中，为自己壮胆
有一天，走在八哥后面的张天寿
一脚踏空，与放映机一起
落入了万丈深渊，他在空中
大叫边边，可八哥一声也没听见
先期到达哈尼寨的八哥
在村口等了很久，一直没见到张天寿
只好往回飞。大雾缝合了窟窿
山谷严密得大风也难横穿……
之后的很多年，哈尼山的小道上
一直有一只八哥在飞去飞来
它总是逢人就问："你可见到张天寿?"
问一个死人的下落，一些人
不寒而栗，一些人向它眨白眼

——选自雷平阳：《雷平阳诗选》，长江文艺出版社 2006 年

冷霜

天桥瀑布道上

你已逐渐熟悉这混合的情感，

像现在，稍觉喜悦便将它搁置。
虽是否定重重，也攀过了之字形山路，
仍怕又堕入礼品纸包裹的沼泽。

清凉的水声一路诱惑着你，
在它洼住时喘匀，随即又没入浓深的寂静。
所见的背后应无其他，除了一圈晕影，
如同手的一握以及此外的时刻。

流云加速变幻，幽谷中生着椴木。
道路趋于消失。脚踩进新鲜的腐土时，
晚金花开得正盛。像是酝酿已久，
一只蜜蜂飞出集体宿舍。

——选自《诗歌月刊》2004 年第 9 期

李建春

母亲在电话中催促

三天前，母亲在电话中催促：
“快回来吃鸡子……”我的心已飞了。
交接，收拾，留言，我与世界的关系
都在你眼里。

四十年印象,人事,水落石出。
我曾试图抓住其中的一些:
恋情,知己……驱车绕过阻塞,
郊区的建筑忽然松开。不洁,杂乱,但已可望见天际。
我们的信心像这城市的能见度。
小丘、平林入眼,展开如记忆。

家……父亲安葬在背垴。
或许现在要纠正青年时代的不孝为时已晚。
入睡前拉开大门,满目的星星竟使我满足。

——选自川上主编:《象形》,长江文艺出版社 2011 年

李进文(台湾)

广　场

一群鸽子被拉下来
天空被拉下来
叶子们和秋天以及脸被拉下来,被广场
拉下来
没什么表情

一架海鸥救生直升机被拉上去

幼儿美语和布道大会的广告看板被拉上去
拉上去，继续
有新的台北建筑物一节一节被拉上去
被仰望拉上去，广场看见
没什么表情的

一切
都上去了；都
下来了。中间空掉——
像中年失业

空掉的，还有广场
广场上匆忙的幻影，仿佛有人
曾经
来来去去一副热衷生活的样子

——选自杨小滨编：《中国新诗百年大典·第二十六卷》，长江文艺出版社 2013 年

李笠［瑞典］

上海来访

1.

我年过五十的哥哥一个人坐在早上八点的瑞典花园里

“刚才,两只梅花鹿站在苹果树下
它们看见我,便一溜烟地跑了,”他说,“像做梦一样!”

2.

我们坐在褪色的长椅上,讲着家乡话
一种在厨房里和母亲谈做菜的感觉。我们谈到
两年前死去的父亲,七年前去世的母亲。苹果在阳
　光下变红

3.

现在他回到了上海,骑着车穿越钢筋水泥大楼
我坐在他坐过的地方,打量自己住了四年的小屋
苹果在风中跌落,静躺在地上,仿佛它们从未在树上
　待过

——选自诗生活网诗人专栏“李笠专栏”

李龙炳

家庭作业

一朵挥之不去的云,留给儿子
或者,留给儿子的儿子,这样很好

云会越来越白，越来越白，越来越白
白得可以当饭吃

河的对岸，树木多么挺拔
树根延伸在水中，想哭就哭
树叶可以绿，可以黄，可以落
落叶纷飞，包围着天空

儿子在岸上，儿子的儿子
可能也在岸上，看着我
在水中换气，我在水中说梦话
鱼浮出水面尖叫

火车上，乘警正在追捕时间的逃犯
火车越来越快，越来越快，越来越快
最后停在了我的背上
我的背上有儿子的家庭作业

——选自李龙炳：《乌云的乌托邦》，《锋刃》二十周年纪念文集，2016 年

回　声

早晨撞见失明的少女在挤牙膏，
我紧张得不知所措，仿佛她会
挤碎世间所有坚硬的东西，

变成液体，涂在我的身上。

温柔的暴力，她已认准
一个出口，世界是老式坛子，
一种向下的引力，无形的存在
有深埋地下的神秘宝藏。

我知道，她的童年，
骑着鹅去乡村小学旅游了几遍。
黑暗对词语的敏感，
药片，在舌底安然入眠。

总有一棵苦楝树陪她散步，
离开人群，去拜访山中狐狸。
狐狸狐狸狐狸狐狸，
其实是她身体内部的回声。

我穿过军区医院走廊
去看木芙蓉。一个护士悄悄告诉我：
“盲人亲吻时，可以顺着嘴唇，
逃出地球，登上月亮。”

我早已学会，闭着眼睛或在黑暗中，
准确地把牙膏挤在牙刷上。
仿佛是白色的蛹，我放进口中，
慢慢吐出蝴蝶，也是白的。

——选自《诗歌月刊》2018年第8期

李强

潮水来了

一

山溪里的鱼
与大江大湖大武汉的鱼
是不一样的

山溪里的鱼
小一点
瘦一点
干净一点

它们的祖先
见过我小小的、瘦瘦的
干干净净的
裸体

它们祖先的祖先
见过我父母亲
小小的、瘦瘦的
干干净净的
裸体

二

山野里的莼
与城郊大棚里的草莓
是不一样的

山野里的莼
小一点
瘦一点
干净一点

这些带刺的野孩子
脸红红的
趴在地上
亲吻露珠
脸红红的
攀在枝头
仰望星辰

五月的暖风呀
绿色的波涛呀
漫山遍野的小火苗呀
小小少年的心跳呀

三

山村里的燕子

与大都市的鸽子
是不一样的

山村里的燕子
小一点
瘦一点
干净一点

这些穷人家的孩子
从小热爱劳动
从小就会觅食、筑巢
自由恋爱
不啃老
也不食嗟来之食

七月流火
梧桐叶落
闲不住的孩子
纷纷出远门了

它们还会回来的吗
它们还会回来的呀
一年又一年
一辈又一辈
无休无止的惦记、询问、等待
在大山深处演绎了数千年

——选自李强:《山高水长》,长江文艺出版社 2018 年

李日月

格物致知

麦粉之后的冰面上
静止着一条矩形河流
少女 a 的杂技包含作弊
以此打击少女 b 的气焰

在靠近奶奶劳动的右下角
向外掀出一个直角三角形
面积的外部是什么？
思考从锐角出发还是从钝角出发
水的红色令人摇摆不定

宿敌故作神秘授我以鱼
冰层碎为两块
ctgα 和 tgα，分别玲珑透明
舅舅比较远，是 ctgα
母亲比较近，是 tgα
微笑源自 tgα 除以 ctgα

少女 a 是 tgα 的干女儿
少女 b 是 ctgα 的外甥女
少年 c 岸边行走目光清亮

说出真相的使命让他激动

但是 $c^2=a^2+b^2$
夜色苍茫少年 c 忧郁不已

——选自《新京报》2008 年 2 月 19 日“京报诗刊”

李心释

在 泰 国

在泰国,太阳也照着屋脊和水塘
有金光闪闪的回声
有回声里的喇嘛和巨蜥

在泰国,到处都是镜子
地上的事物都像从镜子里落下
风起,吹大它们的体形

在泰国,树根潜行
岩石拱起,流浪狗一样散布
冬央贡的气味警戒整个国家

在泰国,壁虎像原始的鸟鸣叫
霸王椰像巨大而光滑的手指扎入地面

指间的棋盘，风与阳光对弈

在泰国，杯盘里有原始森林的精粹
十元一份的莲雾、生芒果
掺薄荷叶的早餐喂饱了来自北方的猎物

——选自微信号“南风驿”，2016 年 11 月 29 日

李亚伟

我在双鱼座上给你写信

我在双鱼座上给你写信
从天上一笔一笔往下写，我是天上的人
住得太高，爱你有些够不着

我看见平原上走过一条很短的命
在被寂寞刻破的北方的平原上
蟋蟀正无休止地拨着情人的手机

——选自李亚伟：《酒中的窗户：李亚伟集 1984—2015》，作家出版社 2017 年

李以亮

替　身

我一直寻找着机会。我一直没有停止过
任何改变命运的努力。
我受过教育，健康状况良好。
说起来，我的理想，从未超出过专业领域。
我喜欢电影，还是一名差强人意的
业余配音演员。由于众所周知的原因
我所效力的公司，早已濒临倒闭。
我曾长久挣扎在失业的边缘。
机会来了，是以匪夷所思的方式。
我接受了再教育，是所有教育中，最奇怪的一种。
我过上了锦衣玉食的生活，
也告别了曾经有过的幸福和快乐。
我走访贫寒的农户，市民，幼儿园。
我到过工厂，军营，学校，慰问过女兵。
你们看到了，我上了报纸和电视。
在万人集会的广场，我手持自动步枪，
朝天，也就是向着帝国主义，扣动了扳机。
我友好地，接见过一个岛国
到访的代表团，那其实不过是一场
译员和译员之间的会谈。我所有的语言
都有脚本。但我没有写过畅销书，

没有签署过任何性质的文件。
我躲过了十九次暗杀，七次车祸。
我大难不死。现在，我仍叫侯赛因，但我不再是萨达姆。

——选自《新汉诗》2005年总第三卷

李元胜

无 花 果

这肯定是疼痛的，也是漫长的
把大地缓慢地卷成一个果实
它一个春天，需要几十万年的缓慢

像一张地图
把北京、上海、乌鲁木齐、三亚
卷起，这些多汁的籽终于挨在一起

但是怎么能紧紧抓住所有的
特别是春风四起的时候
在我的惊呼中，
　　有一个省正快速滑向你

这肯定是疼痛的
是几乎不可能的，
　　如何能把一场暴雨卷起

如何能……唉,那青春里的泥泞

肯定需要几十万年,才能把星辰
缓慢地卷在一起
夜空,这张不再发光的旧桌布

多少道路,会在这个过程中折断?
我这年久失修的桥,
　　承受着无数悲愤的自己
就像承受着无数飞驰的货车

终于,没有花了,也没有日出日落
一切都卷到里面,包括我们的一切
眼前,没有了世界,只有世界的背影

口　音

我们口音还算接近,细小的差别
标志着我们的出发点
相距有百余公里

听得出来我们自私相同,虚荣接近
偶尔有些善意的想法
往往不切实际听得出来我的故乡群峰高耸
而你那一带河汉密布

我们的分歧在于我需下山再下山

而你需要筑堤再筑堤
我们的共鸣在于
有些人既无须下山
也无须筑堤
这不公平，很不公平

总的说来
我有点上游的心不在焉
你有点下游的心怀怨恨

我喜欢你尾音里那一段好听的滑翔
现在想起来
和我们之间那条河
那一段美妙的缓缓转弯有关

当时对这个细节有点忽略
现在想起来，真的很好听
可惜为时已晚

——均选自“中国诗歌网”，2018年5月8日

李志勇

旧日子的语言

父亲说：把你的脑髓擦掉。意即：让我把鼻涕擦掉

父亲说：把你的尾巴剁掉。意即：我进屋时要随手
　关门
雪在门外闪着光芒
父亲说，把你的尾巴剁掉，意即：让我老实做人
雪在门外闪着光芒。意即：死亡在门外等着进门
太阳，一直走到了我们房顶似乎才轰然一声燃烧起
　来，让
屋顶的积雪开始了融化
太阳，意即时间。而时间，意即父亲。父亲意即语言
父亲放下手中的书本，意即：我们可以打开收音机了
父亲沉默，意即：他同意，或不同意都没什么，但他还
　能沉默
雪又开始飘了起来
雪，意即给他的悼词，或给我的白色的易毁的玩具

——选自微信公众号“雁门文丛”

梁秉钧/也斯（香港）

有关翻译的通信

我们曾来回讨论有没有一句句子
可以带出那种逐渐疏落的感觉？

在环境的安静里找心的安宁

在艰困的日子摸索生活的底线

在虚渺的句子中找到现实的细节?
在实在的描写中看见一点空白?

你的细问令我检视自己
用的字眼经得起按脉的指头?

我在静默中想问候远处的你
经重重的手术正逐渐康复吧

各自经过了悠长的逆境,拒绝
轻易的字眼叙说身心的感变

在没有解释的地方,尝试体会
另一个人没有说出来的那句话

独自放弃累积的部分,更换
自己,面对零再重新开始

一个新的生命,永远连接着另一个
孤独的人,原来在沉默中想的话

保留前面未说完的,引向后来
不是结果,还有推论的过程

谢谢你与我一同走过这些弯弯曲曲的路

无言的彼此商量走出弯弯曲曲的句子

——选自黄礼孩、江涛主编：《东西：梁秉钧诗选》，中国戏剧出版社 2012 年

梁平

偷　窥

我在涅瓦河的白夜里
从一只大瓶黑啤的玻璃后面
找那支萨克斯。
看见摇晃的音符溅起泡沫
溢出她的嘴角。
她在我眼睛里发现了这个细节
指头不动声色地一抹
然后满桌子寻找
没有一张可以使用的餐巾纸
神情有点慌乱。
我于心不忍
把目光漫无目的地移开
回过头来
她已恢复了镇静。

——选自《幸存者诗刊》2018 年第 4 期

梁文涛

叙述我的 20 年

我麻木地躺在青蛙的床上
听不到任何声音
我用巨大的漠视抗拒
这阴冷的铺盖,在我头顶

我的手,捉摸到了 80 年代的那粒尘土
这种荒凉的怀念还远远不够

——选自《新汉诗》2005 年总第三卷

梁小斌

两种温暖

树根已经被劈成柴禾就不能再劈了
劈树根的人先是蹲在树桩上琢磨
我不用火,这树根能否给我第一次的温暖
于是,他开始挥动斧头
树根的浆液却像火星一般溅到他身上

在他的棉袄上燃着
他只得脱去棉袄
而那正趴在地上睡着的长长根须
被斧头惊动后一跃而起
掠过滚动汗珠的白色脊背
他毫不退缩
伸展肢体
把这树根深藏着的温暖源泉全部汲取干净
柴禾,就是树根暖意散尽后的残渣
面对着残渣
把这不能再劈的树根送给有壁炉的人家
壁炉里的火,
像是被谁修剪过的红绸在悠扬地飘动,
令壁炉外的人朝火走去
迎向红绸拂送出来的第二次温暖
他昏昏欲睡
握在手上的书烤热后掉到了地板上
如同沉重的红薯
主人惊醒后在问
这是什么火,
一定已被谁嚼过了
这抽走了叶脉的红枫

——选自《诗选刊》2002 年第 5 期

廖宏霖(台湾)

身为动词

——给所有为了说话而沉默的人

我们穿越“穿越”这个词
从后排站起来

我们解散“解散”这个词
把可以被盘查的一切全部交出去

我们携带“携带”这个词
这是唯一可以被留下的证物

我们给出“给出”这个词
如同编写一封永远失效的遗嘱

我们不是要磨平言语的锯齿
而是要让它吻合某种理想的角度
为了转动而不是肢解发声的器官
为了松开而不是拴紧想象的瓶子

身为动词
我们从来不是被困住
而是被“困住”困住

身为动词
表达就是一种理解

——选自向阳主编:《2008 台湾诗选》,台北二鱼文化事业有限公司 2009 年

廖伟棠(香港)

大屿往事

我说:明日大愚。
他纠正我:屿,广东话也读罪。
他也是有罪的一代,他和她和我
把罪像一朵火焰,不,像一块死去经年的猪肉
放进雪柜。

据说,把海烧干让海床朝天只需要 1.5 秒钟
假如他把海背起来离开地球。
他一边烧着自己,一边安抚海水的沸腾
唯一的安慰在于:当儿子回家
这煲老火汤已经煲好。

但是儿子不会回家了。
但是大屿山的雨都在空中打结。
但是梅窝的牛在胃里长出了竹子啊。

但是坪洲的白海豚尾巴被剪成花了。
我们隔火观岸，备好蘸料，静候那饕餮兽光临。

——选自廖伟棠微信

林德俊（台湾）

深角度
——俯角

一排蚂蚁
辛勤地搬运着什么呢
镜头拉近放大特写
啊每一只背上都驮着一本诗集
爬进
我们生活的裂缝

——选自白灵主编：《九十一年诗选》，台湾诗学季刊杂志社 2003 年

林颉铄[马来西亚]

内　情

每一天,我都
静静地完成
定量的
远眺

——选自《台港文学选刊》2017年第5期

林莽

杜　梨

苍老的杜梨树
斜倚在潮湿的湖岸上
我们可以轻松地攀上它粗矮的枝干
看平静的湖水
芦草映着天光
对岸　村边上低矮的土墙
在阳光下散发着家的温暖一棵杜梨树
被一代又一代的孩子们攀折着

与粗粝的树干相比
树冠显得总是那么小

一簇簇的绿色的果实
酸涩　张不开口
被染绿了的舌头是生硬的
印在童年的记忆中
一代代的孩子们咀嚼着
那些小小的果实的苦涩
仿佛对每一个少年都是不可或缺的

未嫁接的原本的杜梨树
清贫中自由自在的童年
这属于记忆　属于孩子们的酸与涩
在阳光照耀和乡野之风的吹拂中
向往梦境　若有所失的空落
无所事事的田野上的游历
远方　火车凄厉的鸣叫出现又消失
有一种未知的滋味
悄悄地　在少年们的心中
长成了一颗颗
青绿色的　小小的杜梨

在寂静的黄昏或夜晚
透过岁月的薄纱
有时我会看见
那个攀上树木的少年

明亮而生涩的眼神

——选自《中国诗歌》2011 年第 4 卷

林婉瑜(台湾)

17 岁

——眼睛

后来我又看到那双眼睛
发现那双眼睛
跟踪那双眼睛
经过了烤鸡蛋、套圈圈、捞小鱼的摊位
停在
十元杂货摊子前

啊,是你……
变胖
揽着恋人肩膀的你

我还是大声地
毫不考虑地
叫出了你的名字
在十元杂货摊子前
烤鸡蛋、套圈圈、捞小鱼的摊位旁边

是我
对，就是我

你笑了
一个
比较胖的笑
说话的音调由 17 岁的中提琴
降为 30 岁的大提琴
我的笑容是否比 17 岁时更橘？
更蓝？

在缭乱的夜市
与你告别
在烤鱿鱼的烟雾缭绕中与你告别
与 17 岁告别
再见
再见

——选自《创世纪》2014 年总第 179 期

林欣晔（台湾）

有人教我公理和正义的答案

有人教我公理和正义的答案

写在污血勾勒的人形上,潦草而曲折
一只血印脱落于问号底端,我拿放大镜靠近
触摸到他略带油墨气味的温度
温度中有些泛黄,约莫二十年左右的距离
还没有老到可以当成厌世自杀的那种……幻觉或者说记忆
只存在于报端一角,无法满足但易于相信的解释
彼时,阿公闽南语日语夹杂读过,我危坐肃听唯恐错失平上去入
如他的时代——框线逐一为规格化的生命打上句点
或增删或惊叹,每一座墓冢各自的标题俱已黄花:
“男性、卅一岁、数学系教授、死因不明、疑似畏罪自杀……”
黄花坠入圆睁的童稚,我由是惊惧于成长的高度
足以纵身一跃便成为文明之阶梯。

有人教我公理和正义的答案,二十年拾级而上
命案现场旁图书馆内,一列列齐整的泛黄如窗外人形
我顺其昂扬依旧的目光翻阅、辨识
墙角一张二十年前的地图(搁浅于数字化的脚步中)
长安和日头哪个远?他们都说:“海最远。”
有人一辈子也到不了,那个被海洋凝视的自己
只知道不在家的爸爸都去捕鱼了,有的则被鱼捕去
留给他们二十年后再花二十年也补不好的网
路,没车可塞却也塞不下宽容和理解
最后连希望跟他也塞不进去

有人教我公理和正义的答案，教我从历史回到现实
回到显微镜前，研究如何去过滤、稀释
布满符号和咒语的DNA，如何以手术刀解剖早熟脆弱
如梨的基因，如何debug他的品种，compile他的意识
形态，update他的阶级，乡愁这时候千万不能宕机
也千万不能输入任何有关口音的指令，尤其是有关
　族裔的梦
遗忘了最好，一次麻醉就足够要了他的命

教我公理和正义的，永远年轻的数学家
是否也在窗前统计生命的意义、演算理想的线性
不厌其烦地以勾股定理与微积分公式搜寻母语的消息
加以熟背，以为这样就能不在童年里缺席
但我翻遍语言学找不到他的位子
既然他饱读古文，英语会话流利，五岁背九九乘法
也许该尝尝文字学，挑出所有黏牙或烫舌的词汇
学会在必须呐喊与缄默的方向上，顶住载浮载沉的喉结

有人或多少人在乎他是什么人……教我公理和正义的
答案，不断地出走，在二十年前他卅一岁那年
所有出走的意义都倾斜着回来，包括死亡
是出走还是抵达？是成就一篇墓志还是一首诗重要？
二十年，他死成了一项定律——不倾斜你就得直挺
　挺地颠倒
多数人的选择一直遗传到现在
并训练出一批素质整齐的幽灵
他们挤在他曾隐居寄寓的一格格牢窗内，眼睁睁看

声调越狱了
没……有人

教我公理和正义的答案
写在净空的谋杀现场,以适应副热带季风型的湿暖笔迹
以鲜红色的逻辑,数学家对于真理永恒的叹息

——选自萧萧主编:《2010台湾诗选》,台北二鱼文化事业有限公司2011年

陵少

旧汗衫

我把这件旧汗衫脱下
翻过来再穿上
弟弟从美国回来前
父亲特地把它翻出来
它的背面印着
“中国科技大学少年班”
几个大字,被洗得已经泛黄
前面还有几个小洞

它现在被穿在我身上
穿在傍晚

穿在阳台或橱柜上的菜刀上
穿在普通人的庸常生活中
宽松而且舒适

但父亲不知道，我曾反复梦见
自己十七岁那年
步行万里
穿过海子湖与操场
也穿着这么一件汗衫
摸着夜色
离家

——选自周瑟瑟主编:《新世纪中国诗选》，白山出版社 2016 年

凌越

傍晚重新使我安静

傍晚重新使我安静，
似曾相识的慰藉，携带着肖像，
我曾在蜷缩于林荫的农庄中看见过它，
——晾衣绳晃动，一种犹疑的沉静。
我已倦于诗行那简洁的脚手架，
它们空洞地指向天宇，而天宇本来空无一物。

我在远远的街头，仰望着它心存悲悯。
妄图测度新生活的经度和纬度
消耗着我的精力，
家庭和伦理的规劝消耗着我的精力。
我把天空的蓝视作生活的蓝，
对于不再年轻的人，这是惩罚。
傍晚重新使我安静，
不，是安静使我安静，并且让我重新看见并置身于温暖的傍晚。
沐浴着挽回的夕光，
想着没有踪迹的事——不再触动我心灵的事，
我知道那正是我要做的事，
像一名厨师摆弄着土豆和菠菜，为了晚餐。

——选自陈均编：《中国新诗百年大典·第二十五卷》，长江文艺出版社2013年

刘川

床单之歌

我怕我女人去取
浆洗后晒干的床单时
随一阵清风飞走。她新洗的头发
被阳光蒸发出腾腾的水汽

形成一团新的云。
她衣襟上第二颗纽扣没系紧
风可以吹鼓她的衣衫。
就像此刻我在幻想中
骑着一架飞机远去
双脚垂下来
脚心几乎被最高的树尖划伤。

我怕我的漂亮的女人
在抖动干透的床单时随之飞走。
为了让床单失去飘飞的能力
我和她
把它铺在床上
用身体压住
但没用。我们拥抱在一起时
仍感觉是在飞。

——选自王光明编选:《2004 中国诗歌年选》,花城出版社 2005 年

刘洁岷

灾难一课

上帝在玩牌,宇宙的

校长在摇骰子
女生赵未琪的马尾辫儿在跳动
课桌是纸糊的，身体是薄皮裹着的一滴血浆
三楼变成一楼，五楼的
窗子被扭为一道细缝，对面实验楼
整体坍塌激起漫天的黄尘

神是无辜的，神在责怪人
人盖了一座假房子，把孩子们骗进
门口钉着初二(5)班、小一(3)班牌子的教室里
坐得整整齐齐，时间掐得很准，老师们
已各就各位，走上了讲台
但课程有了很大、无比大的调整

仿佛一千台压路机碾过
孩子们去了哪里？那些中午
还活泼跑动的身影，那些上午
还嵌在红扑扑脸蛋上朗读的口型
那些尚未学习过临终惨叫的
童稚的嗓音，被
野蛮的教室捏没了

孩子们到哪儿去了
送子女到为省钱而建的学校上学的家长
请不要围聚在学校的遗址前大声哭嚎，因为
虽然生命的窗口被关闭，救援的黄金时刻早已黯淡
但你们还是不要压倒、淹没瓦砾深处
那些可能的，细若游丝的呻吟

印度板块向亚洲板块俯冲，使得
操场上摆满从混凝土里挖出来的书包
摆得也整齐，那些书包脏了
青藏高原的东缘向东缓慢流动、挤压
那些书包已相互不认识，因为
它们的小主人从此就没有了
那是些死去的书包

——选自刘洁岷：《词根与舌根：刘洁岷诗选2007—2013》，北岳文艺出版社2015年

刘立杆

快餐店的静物画

清澈的光
落在快餐店的水磨石地上。
窗前，一个女孩支着肘
对着手机描口红
嘴唇微噘，潮湿，鲜润
一幅旧铁窗框起的静物画。
我出神地看着她
慵倦的长发，脸颊旁
一小块活泼的暗影
光线为她柔和的轮廓晕染了

一圈淡淡的光晕
像少女初生的茸毛。
静谧,安详,送外卖的
摩托车在街角“突突”响。
突然,我有种模糊的渴望
难以名状又异常强烈
这混合了四月的
飞絮和清石灰水的光线
这嘈杂如缝纫机的快餐店
似乎不停拆洗
又缝缀着什么,当她
托着腮,坐在窗玻璃的反光里
只是一个平常的本地女孩
可爱,脸色苍白
想着冰激凌和傍晚的约会
斜睨的眼睛闪烁着
仿佛有一颗珍珠
在她粗糙的肘部静静闪烁。

——选自哑石编:《诗镜》,成都时代出版社 2018 年

刘汀

稻　田

秋天的时候,万物都会改变点什么

比如绵延的稻田变得灰黄
灶膛里,没干透的秸秆燃烧缓慢
种田人从梦中醒来,头垂到了土里

再比如刚刚生育多胞胎的妇女,坐在
正被收割的田埂上,大口大口喘气
面孔像新春出来的米,有一种
透支了整个生命的白

还比如,人们吃过几碗蒸饭之后
一模一样的劳作,就再次开始了

——选自微信公众号"长江文艺杂志社",2018 年 1 月 23 日

刘翔

乞丐没有大拇指……

乞丐没有大拇指
穷人没有眼泪

皮靴践踏着布鞋
水泥制服了菜田
公路旁的两只绵羊失魂落魄
村庄被车轮吓破了胆

一切都被觉得必然
建设者纯粹出于好心好意
路边的油菜花照旧盛开
再远处,不用说,是一片蓝天

乞丐没有大拇指
穷人没有眼泪
绵羊的哀叹不过是绵羊的哀叹
蜜蜂照样采蜜,在油菜花田

——选自《新汉诗》2004 年总第二卷

刘小会

养鸭必读

这天天气很冷
我一直在思考这个问题
如果自己的鸭子突然要吃人了怎么办?
如果鸭子养熟了要飞怎么办?
如果它还要房子?
我要不要跟它说
我们的珠宝是宇宙中的垃圾? 第一天是夏天
第二天是冬天
这就是这个城市秋天的天气

像中国所有城市的温度
所有的鸭子都只喜欢水
但是水要咬人了鸭子和水都是风和菊啊
也许莲花和藕不去想为什么人们还要养鸭子
就听它给我叫点甜言蜜语
我喜欢听鸭子的声音

——选自《新汉诗》2008年总第六卷

柳宗宣

玻璃中的睡眠

地铁列车驶往地面。原野的灯光
四散的楼群,电线杆和墨绿夜色
在玻璃窗上移动。我看见了
自己的头像,上方的下弦月
一个女人的面相出现在玻璃中
靠在了我的右肩,然后挪开
再次接触,几秒钟后缓慢分离
如此重复三次,最后依靠在那里
她没有看见自己,玻璃中的睡眠

——选自柳宗宣:《河流简史》,北岳文艺出版社2016年

龙青（台湾）

饮 酒 谣

小酒馆没什么人
你眯着眼说
这店应该快垮了

什么都是垮的
吧台里调酒师的面目
老板娘端菜出来时的眉眼
对坐的我们
仿佛都缺少一根钉子
把事物钉在正确的位置

酒喝得不够多
小碟子里的花生
也渐渐失去了新鲜作为支撑
酒后说的话不作数
你说你的，我只管听。
隔着垮掉的江岸
你开始脱衣服
领带、外套、衬衫、内裤

一只果蝇
在我们中间飞来飞去

直到酒精垂直地穿过身体
你趴在桌上
所有的旧事爬出水面
而我已倦于作答

——选自《台港文学选刊》2018 年第 1 期

陆陈蔚

敦煌城东

敦煌城东三危山下
其时夕阳正在西下
我来到公元 366 年
看到万千的佛涌出金光
我要雕刻在洞窟
还是要飞升
我要让沙子每一颗都响
我要等在敦煌城东
三危山下
我要等你 1637 年
那时你年方二八
“色如渥丹,灿若明霞”
我要为你取名丹霞

——选自《新汉诗》2004 年总第二卷

陆辉艳

最好的风景

父亲住的病房,在走廊尽头
对面是一排居民房
几片尿布在风中飘荡
我听见婴儿的哭声,从五年前
儿子出生的那个春天传来

病房右边是开水房
从窗口望出去
一条曲折小径
通往低矮的白色房子
刚刚有人从那儿哭泣着回来

我的心猛地抽紧
逃回父亲的病房
他正慢慢吃着一个苹果
眼睛盯着窗外
顺着他的视线
哦,那儿有最好的风景
一座中学时代的山,密集地
扎满了阳光、青竹、松树和柏树
我曾在日记中写到过它们

在洛古河岸

捡到了玛瑙的人
在岸边发出惊呼
人群涌上去
他们的脸庞
有洛古河的蓝色和喜悦

我没有捡到玛瑙
在斑驳的石头中间
一根白骨,突兀地躺在那儿
我没有声张
甚至没有惊动一棵老鹳草

——均选自微信公众号“槐树街183号”,2018年5月25日

潞潞

旧　事

他不知道父亲为什么放开他
刚才他们还说着话
父亲突然走向路那一边

他和一个人搂抱在一起
手在那个人背上拍着
他隔着马路远远看着
听不见他们大声说些什么
两人互相递着香烟
然后那里升起一团烟雾
他们身后有株巨大的槐树
开满了白花,香气浓郁
他开始踢地上的石子
让过路的人都知道
这是一个讨厌的小男孩
此时父亲忘记了他
过了很久,也许只是一会
父亲重新拉起他的手
还在他头上撸了一把
可是小男孩一声不吭
他们就这么走着
他能感觉到父亲脸上的笑
后来他一直没机会问父亲那人是谁
他知道父亲这一生并不快乐
甚至深埋着无人知晓的痛苦
但那一次父亲是真的高兴

老 车 站

搭着铁皮长廊的站台

我该向它要童年
我赖在它夏天发烫的石头上
我该向黄色的油漆要童年
向黄色的房子
房子的尖顶，如果没记错
上面一只鸟点着头
正一秒一秒吃时间
该向那个拎着铜钥匙的人要
他把高大的木门开了又关上
风中一架老式留声机
灰尘围拢着转不完的旧唱片
我想当个流浪汉
追着最后一节车厢玩命跑
我的书包里藏着一本书
一个俄国姑娘住在铁路旁
她在自家花园里学接吻
远处隐隐传来汽笛声
穿皮衣的保尔①你不知道
那时候
一个中国男孩有多傻

——均选自潞潞：《这：潞潞诗集（1980—2010）》，北岳文艺出版社 2015 年

① 保尔·柯察金，苏联小说《钢铁是怎样炼成的》的主人公。

路亚

心　酸

有了小秘密的女儿每天
用英文、日文夹杂着火星文写着日记
我的秘密是我看不懂也知道她记下了什么
暮色催我老的时候我已学会坦然接受
当她的懵懂和喜悦才刚刚开始
以后，就由我负责替她看
小时候怎么看也看不腻的星空、银河
替她读，那些脸谱和墙角的阴影
替她整理乱糟糟的房间。我变得脚踏实地
我小腹酥软温热的时候越来越少
但其实我的爱并没有减少
我只是，不再说多余的话吃多余的食物
睡多余的觉，认识多余的人
但人是复杂的，因此我望见——
喧嚣的街头，一个男人疲惫而专注的
注视让我心酸，他对爱情的欲念
让我心酸，并让我在瞬间就爱上了他

——选自微信公众号“新诗道”

洛夫(台湾)

祷　辞

我已吃了你的鱼和饼
请给我一支烟吧

我已戒了烟
请给我一点减肥药吧

我已吃了半辈子的素了
请为我下半生宰几头羊吧

我为自己制作了一张没有梦的床
请帮我远离无明与恐怖

我把所有的债都清了
请告诉我色不是空又是什么

我早就不三呼万岁了
别再让我看到钞票上老头儿尴尬的笑

我的岁月已够嶙嶙峋峋的了
请把镜子里的苦笑还给我

《圣经》《道德经》《心经》我都倒背如流了
请给我最后一块红烧肉吧！

秋之死

日落前
最不能忍受身边有人打鼾
唠唠叨叨，言不及义
便策杖登山
天凉了，右手紧紧握住
口袋里一把微温的钥匙

手杖一阵拨弄
终于找到一枚惨白的蝉蜕
秋，美就美在
淡淡的死

——均选自洛夫：《如此岁月：洛夫诗选（1988—2012）》，台北九歌出版社有限公司2013年

罗乐敏（香港）

空莲蓬

怎样描述一枚干瘪的空莲蓬？瘀褐色；

曾经盛载莲仁的坑洞已经变形、萎缩；
铅黑相黏但不互通；
一片袤广的荒凉在枯谢的地表
像细胞沿洞口生攀。
但这有什么相干呢？一株或不存在的空莲蓬
或已消逝的莲的发轫，
并不说明谁的世界——
那是一口无底的井
回音下沉、跃升或静止与人无关
井边和井边无关
井水和水源无关
水源又与莲蓬和空莲蓬无关

空莲蓬跌出一箩筐大大小小莲蓬
犹如突然静默死掉的独角兽

——选自《声韵诗刊》2014 年 8 月第 19 期

罗任玲(台湾)

鲜 鱼 宴

她躺在那里。
腹部撒满翠绿葱花，肥美的卵们陪伴一旁。
静极了。

清晨鱼贩的叫卖从她微张的嘴中喊出。

小　巷

又旋转起来了
这老旧的夏天
喀拉嗤喀拉嗤
带走一整个天花板灰凉的梦

有鼠扇着薄凉小耳
穿越了空寂的自己
谁没有听说过呢
那些烟花的小巷
再过去就是汗渍的街名
锋利汉字
并不都能切割自己的姓名

谁都会赊欠的岁月
在某时某分某秒
明明忘却的那张脸
避开了什么却同时
暴雨落下击中了眉心

——均选自罗任玲：《一整座海洋的静寂》，台北尔雅出版社有限公司2012年

吕德安

河　马

河马从水面升起
我们希望它继续升起
一遍两遍，直到确认它在哪里
和它那酣睡的音乐

冬天，它那宽阔的背
需要爱抚，需要拨弄
或者，河马应该在栏杆里升起
像真理——至少

当河马在水面上梳理
把它的石头皱纹和水的皱纹
加以区分是必要的
它那黑夜的颜色和水的玻璃颜色

但是此刻河马在哪里
我们希望它继续升起
一遍两遍，我们期待它
那水下长长的祈祷结束

啊！至少河马应该像教堂

当它升起，大地湿漉漉一片
天空有翅膀的影子，而我们眼睛如梦
继续摇晃在它的阴影里

而冬天将重新估量它
用一种失落感和一大堆
过剩的干草——啊，至少河马
应该像彩虹一样升起

像它往昔裹在云彩里的家
在那里，当它缓缓升起
夏天的另一群河马雨一般降临
几乎不曾真正落地

在那里，它们喝彩而我们
在水下屏息。一切已恰如其分
而世界巨大的肉体的质问
也将在那里归于沉寂

——选自微信公众号“遇见好诗歌”，2018 年 5 月 25 日

吕约

给爸爸六十八岁生日

爸，爸爸，老爹，老头儿

脚步坚定，眼神柔和
你终于完美了
不表态，不梦游，不吃补药
环绕你的空气也终于完美

七岁成为孤儿
三十岁前戒掉孤儿的一切恶习
不说脏话、胡话
软弱的时候关上门数钱
向往钞票上的山水
五十岁，拔掉政治的针头
也不照宗教的 X 光
接受紫色之外的一切颜色

去年，及时识破我让你写回忆录的阴谋
你反对揭穿任何人的秘密
反对站在地势高的地方
挥舞拳头昨天，你赤手空拳
打死一头身披紫色的野猪
因为它守在我将经过的路上，在梦中

女人大笑时

不该哭的都哭完了
最值得哀悼的
还没出现

我们笑得越来越多
独自微笑,切菜的蒙娜丽莎
两个人坐在路边大笑
为某个
不会导致地球毁灭的错误

你在笑我吗? 狗跟着笑
用尾巴,用喷嚏
仿佛其他的狗都默默投了它的票
害怕变小变轻的男巨人们
赶紧从安全出口逃走
——大笑,得留到胜利时使用
什么,你们在笑什么?
只有那些不怕变轻的
渴望加入

停下来休息的时候
我们才听到
一种细细的声音
从脚底下传来,像弃婴
被笑声赶走的那些
以叹息为食的幽灵
正在那里祈祷
祈祷能够尽快回到我们身边
好好照顾我们

——均选自吕约:《回到呼吸》,北岳文艺出版社 2014 年

马骅

乡村教师

上个月那块鱼鳞云从雪山的背面
回来了，带来桃花需要的粉红，青稞需要的绿，
却没有带来我需要的爱情，只有吵闹的学生跟着。
12 张黑红的脸，熟悉得就像今后的日子：
有点鲜艳，有点脏。

——选自蔡天新主编：《现代汉诗 110 首》，三联书店 2017 年

马季

那　天

你不在家的那天
我还是去了
轻轻敲你的门
轻轻说我来啦
因为是冬天
敲门的人会有温暖的感觉

这样挺好
没听过这类故事
你把手举得很高
其实我们都没学会
在冬天里变得开朗
我还要犯一个一个错误
这些事瞒不过你
你也终于能目睹一切
然后去干些陌生的事
而那天我的确知道
你不曾在家
你也猜我会找你
出门时你犹豫了很久
这可是事实
我们无法回避它
很老很老时我们会怀念它

——选自《新汉诗》2004年总第二卷

马兰[美国]

仿　佛

仿佛生活是另外一个样子,如迟开的水
仿佛到别处去死,只见桃落南坡

仿佛树木在彼岸游动,我们不通知桥梁
仿佛天空席卷而去,我们才看见井底之蛙
仿佛声音起飞之时,蝴蝶正奔赴一朵古花
仿佛丹巴的美人在理想之口,谁和女人尽欢
仿佛暗器在掌心奔驰,你坐怀不乱
仿佛一个句子被攻破,只要有足够的灯光
仿佛雪从天降,我们在高楼等候命运
仿佛苹果穿过苹果,不带走一丝脂肪
仿佛说一句完整的话,就是心比天高
仿佛九月如梦,桥头人看不见桥下人
仿佛现实从左到右,乌云在月光下漂泊终生
仿佛诗人之死,照亮了彼此的寂寞
仿佛我们搬起石头,砸到脚背原是棉花
仿佛南来的僧人,回头一笑,招手上路
仿佛我们是外星人,用牙齿去呻吟,去哭泣
仿佛蝴蝶一生变态,我不要你,我只要你的心

——选自米家路主编:《四海为诗:旅美华人离散诗精选》,北岳文艺出版社 2014 年

此　时

此时,是我一生中离你最近时刻
所有的光芒都在相互远离
你举枪时才能看见我
这样神秘又直接那时,你推开门,仿佛来不及坐下

一晃，二十年过去了
你要再次呼唤，才能记住我
如此简单又悬疑

初夏了，雨后的彩虹似曾相识
犹如你最高的微笑
翻开了最深的底牌

——选自《读诗》2014 年第 4 卷

马莉

告密者的兄弟

告密者有一片土地，在镜子后面
照耀着镜子中间，一直照到
镜子里面，更深之处，但是
晚了，太晚了，一些人从前门走了
另一些人从后院逃跑了
院子太深，花太香，你站在
背朝我的地方，你立刻就认出了我
你坐在空椅子上，月光照耀你的脚
棕榈树从你的脚下生长出来
你给我讲告密者的故事，你说
从前有一个告密者从事着一项

伟大的黑暗事业,但他的头颅
被人提走了,是被他的兄弟
镜子后面的告密者,事情就这么简单

犯人闯入院子,狗叫起来

一只无家可归的狗来到南方
热得死去活来,在疯狂的年代
狗从不叫,狗一旦叫
大狗小狗都叫开来,叫声凶猛
棕榈树纷纷倒伏,果子猩红地裂开
纷纷落到海水深处,被炎热浸泡
其实我最怕狗,但我喜欢我家门前
有一只小狗,最好永远不要长大
因为狗长大了会看门,会认人
从前有一只狗出现在小说的情节里
天黑了,犯人闯入院子,狗叫起来
大狗小狗都跟着叫起来,天还没亮
犯人就被警察逮住了
我最不喜欢这样的结局

——均选自马莉:《词语在体内开花》,江苏凤凰文艺出版社 2016 年

马永波

她的脸是温柔的巢穴

深夜,他帮她把大洗衣盆里的床单
捞出来,像拧麻花似的拧成一根
粗大的绳子,干净的水由多到少
流到盆子里,他们似乎在较量
然后,他们各自抓住床单两端
抻开,用力地抖动,潮湿的布
沉重地发出船帆一般的拍打声
那些拧出的皱褶被逐渐抖散
满屋子都是凉爽的风声
颤抖的烛光似要熄灭,又复活
他感觉到床单绷紧的张力
一阵阵从她那端传过来
他必须与她同步,让两端的力量
一波波传送到中间,在那里
碰撞在一起,发出啪啪的声响
他竭力扎住脚步,才不会被扯过去
她把自己的这端向他折叠过来
她随之走近,她的手碰到他的
冰凉而有力,床单清新的气息
涌到他的脸上,她的脸
也从严厉的黑暗中涌现出来

恢复成他笑意盈盈的年轻母亲
她把床单两端终于合在了一起
他的手空了,但是那股张力
依然没有消失,它变成了某种保护
某种仪式,她疲惫而沉思的脸
一次次向他涌过来,沉默而温柔

——选自微信公众号“舒心舒情”,2018 年 1 月 19 日

母亲颂：火的连祷

我的母亲是冰冷的火焰
我的母亲是海底的火焰
我的母亲是洁白的铃兰花的火焰
是摔碎的矿灯,我的母亲
是黏土的火焰

我的母亲躺在比死亡更低的地方
我的母亲在终点之外又走出了一段
我的母亲找不到自己的火焰
我的母亲每生下一个我
就像一支大的火焰
又颤抖着分出一支
我的母亲燃烧着穿过暴君的打谷场

我的母亲是头发的火焰

衣服的火焰,清脆的脚踝的火焰
是眼帘紧闭的微笑的火焰
是鸟儿一样轻盈的骨头的火焰
是透明的指甲,皮肤,细小的锁骨的火焰
我的母亲从筐状肋圈中漏下去漏下去
从纯银的戒指的空洞,从舌头的结婚地毯
从双手的圣杯,从秘密的耳郭
漏下去,从她黑格栅的炉膛漏下去

我亲手用沉重黝黑的铁车
把她迷失的优雅送入熊熊众火
我看着她的袖子灌满了火焰
她擎着膝盖的盾牌冲锋
火焰从她每一条骨缝里冒出来
像愤怒的来不及诞生的婴儿
我看见我的母亲在火焰中攀登
陡峭的狭径,把无数个自己一一剥离
我的母亲是暗红色的大提琴变得弯曲而坚硬
我的母亲是香柏木的独木舟
是没有记忆的少女,荡漾在她父辈的天空

——选自微信公众号“诗人读诗”,2018 年 5 月 13 日

芒克

之前或者之后

又到了等你到来的时刻
每到这时头脑便不由得发热
心急匆匆地迎出门去
跑下台阶,看户外
唯有静止不动的树在动
听静悄悄的下午
唯有沉默不语的人在诉说
昏沉沉的光线
昏昏暗暗的景色
这一刻似乎同样也是那一刻
那一刻是否在这一刻之前
这一刻是否会使那一刻有所改变
之前或者之后
我总是怀疑你是否真的来过

——选自芒克:《重量:芒克集 1971—2010》,作家出版社 2017 年

毛子

水　库

在乡下,它是开明的
它的方言夹杂普通话

我怀疑它的胸膛有一架波音 747
或一万台变压器
我想搭梯子,把它竖起来

我抽水、排泥
库底干了,露出修水库的人

这些当年的青年突击队,神气的拖拉机手
如今年迈,或不在人世

那些饥饿、灾年。不多见的
风调雨顺

而水库依旧荡漾、荡漾
水风平浪静,或深不见底

——选自《新汉诗》2005 年总第三卷

梅花落

你是鹿

你是你自己的欢快
在林间闲逛
无限的人生确实很累,这就是数学
你是我的世界纵横交错
你要靠近我,你就会发现
你是非常可爱的

哎,我的男孩子
我碰见你的那个早上,有太多的叶子吓坏了你
全是天气的错
不准你反驳我
就是花儿也不准你不听我的
你必须用你的哦哦哄我高兴
你非要发疯,也只能我陪着你
咬牙你就不要咬了,你答应我咬你
这是你仅有的乖乖
在一路的考试之外

当然你还要随便我让你咬回来
并把我按在蓝蓝的天上

我就归你了

——选自川上主编:《象形诗性文化读本》,长江文艺出版社 2012 年

孟浪(香港)

教育诗篇

危房里的小学生寂静
一块旧黑板兀立
将提供他们一生的远景——

黑板的黑呀
攫住他们的全部纯洁。新来的老师是你
第一课,可能直接就是未来
所以,孩子们在黑板上使劲擦
黑板的黑呀,能不能更黑?

为了,仅仅为了
多一点儿、多一点儿光明
但从房顶的裂缝投下了
这个世界,天空的所有阴影。

你没有出现

课堂本身说话了
它不忍心自己预言一座废墟！

危房里的小学生寂静
寂静，打开了它年轻的内脏。

——选自米家路主编：《四海为诗：旅美华人离散诗精选》，北岳文艺出版社2014年

致从二十世纪走来的中国行者

背着祖国到处行走的人
祖国也永远背着他，不会把他放下。

是的，祖国
就是他的全部家当
是的，祖国
正是他的全部家当。

在他的身上道路与河流一样穿梭
他的血管里也鸣起出发的汽笛和喇叭
祖国和他一起前行，祖国和他
相视一笑："背着他！""背着它！"

是的，祖国
就是他一生的方向

是的,祖国
正是他一生的方向。

他走到哪里,哪里就有
原野、山峦、城镇、村落、泥土和鲜花
——他的骄傲啊,祖国的分量
他们相互扶携着,走向天涯。

是的,祖国
正和他一起啜饮远方的朝露
是的,祖国
正和他一起挽住故园的落霞。

背着祖国苦苦行走的人
祖国也苦苦地背着他,永远不会背叛他!

——选自潘洗尘、树才主编:《生于60年代:中国当代诗人诗选》,长江文艺出版社2013年

灭人欲

梗

我在水上回避你的名字
一大片暗礁。我撑桨而立

避风邪，像鱼避开水。

你的名字在嘴唇中间破了
你的名字叫我难以下咽
用陈醋冲服，用
一口喉咙满满的凉水
我把你的名字冲成胆道里的结石
我把你的名字忘记，忘在阑尾末端。

在好又多超市
田园说开个票她妈好报销
一个工作人员对另一个说
刘颖（yǐng）你给她开。
我回头看到整个超市的人都空了
空荡荡的过着风
我对那个叫刘颖的女孩子说

你好，我是陈湖

我一直不吃田园的寿司
你的名字叫我难以下咽
我怕吃出收据的味道
还能报销。

小　颖

你跑得飞快

鞋子丢了一路
外婆一只一只收进皱纹
还有你粗心留下的
浆果和蜂蜜
你的手臂终于陶瓷一样闪亮
是云彩落在双肩
太阳花的齿轮爬到膝盖
你的裙子你的白裙子
心疼地在草地上
跳湿湿的舞
你就这样生气
手甩得东倒西歪
用嘴吹出调皮的龙卷气旋
路过这里的白鸟
伤心地坠向夏威夷
你昨天还在修剪记忆树
一只大象一只老鼠
用剩的老树皮
能刮出水漂
四个美丽的瓦蓝
草叶刚刚梳理了风
还很轻
压不住头发

——均选自《新汉诗》2008 年总第六卷

末三

阿　金

我说阿金呀，你
哭的时候比笑的时候还美

像颗绛红色的果子
闪着诱人的光，无数只手
曾摸过你饱满的河床
干涸的巢没有预定雨季
在闷热盒子里幻想爱情
染白头发迎接青黄不接的欲望
在男人频繁的背影里，你枝叶茂盛
擒住山的凶猛，却欲罢不能

还记得某年某月某日的某条街
一只瘦鸟斜斜飞过发黄的广告牌
你站在楼下对着电话那头轻声说道：
“你好，我是阿金”

杀手梨安

我觉得她是个可爱的女人

可爱得像把指甲刀
有弯弯的剪口

她又是个安静的邻居
只在我偶尔敲门借要一把锤子时
才看到她的泪痣

当有一天我搭上列车
匆忙离开这城市,才感觉自己
悄悄闪过她的子弹

——均选自《寒潭山庄》2015 年卷

莫小邪

两不相欠

很久以前
吵架那天正赶上停水停电
大门还没有关严
你用右手打了我的左脸
质问我是怎么勾搭上了陈洁安
那个陈洁安是个什么狗娘娘腔
一个耳光
一刀两断

两不相欠
从那天以后
我偶尔会月经不调
吃了不少盒益母草
你以为我跟了陈洁安
或者疯了或者嫁了
其实我没疯没嫁
也没有跟陈洁安
不接你任何电话
不住在原来的家
不会再次爬上你那船
是船不是床
从此像蒸发一样失踪
一直活到了现在

——选自《诗选刊》2003 年第 7 期

莫言

最是那一低头的温柔

——想念勒·克莱齐奥先生

勒·克莱齐奥已经是古稀老人
到高密东北乡来看我父亲
我家门楼低

他进门时必须弯腰低头
记者抓拍了这张照片
题名“最是那一低头的温柔”
那天真冷,什么莲花也得冻死
我父亲耳聋,听不到我们说话
只是一个劲儿问我们:吃了吗?
他送我父亲一条围巾
几天后父亲转送给我
我围着去开会
有人说老莫的围巾是名牌
我父亲满面笑容
这是最热烈的欢迎

老勒站在我家猪圈东侧
手扶着墙
满面忧伤
也许仅仅是惆怅
万里之外的贵客
可不能让他饿着
我们准备杀猪款待他
他脱下棕色皮衣
带着貂皮领子
他非要将皮衣送我
我也没有客气
我找了一件棉袄送他
民国初期的东西
但他穿不进去

一匹矫健的白马奔驰而来
蹄声清脆，铃声叮当
西边是幽暗的山影
东边是初升的太阳
老勒纵身上马
大吼一声
一头金发，漫天朝霞
马蹄腾空，彩云如画
去福建，他说
与那个梦见雪的女孩见面

——选自微信号“文学守夜人”，2017年10月25日

木心

从前慢

记得早先少年时
大家诚诚恳恳
说一句　是一句

清早上火车站
长街黑暗无行人
卖豆浆的小店冒着热气

从前的日色变得慢
车,马,邮件都慢
一生只够爱一个人

从前的锁也好看
钥匙精美有样子
你锁了　人家就懂了

——选自《作家文摘》2015 年 3 月 6 日

欧阳斌

信　使

他带着心情里的燠热
像凳子四脚朝天搁在桌面上
尼龙绳等待捆绑后的死结
他的女人不在分拣的每一封信里

他回忆起年少的星期天
一只蚂蚁的不动声色
很少在外面闲逛。现在他记起
他的自行车停在工作间的走廊外

一个上午他得走完五条大街
在第五条的街口松弛了一下

他和自行车看上去
多像一对相互搀扶的老友

夜晚的信使不带一封信
他在回家的路上顺带去看一个朋友
熟悉的巷子偶尔也会陌生
他忽然没有意识到这一点

——选自伊沙主编:《新世纪诗典:第三季》,浙江文艺出版社 2015 年

盘妙彬

答 案

人们走光了,一个小孩还在江岸上
他还小,纯洁。他眼里没有问题
乌云压到他眉睫,他不知道
一位妇人不知从哪里跑出来
匆匆将他抱走
像完成一道答题
接着江岸全黑了
很快一场大雨把江岸洗得干干净净
像一张白纸

——选自《诗选刊》2001 年第 1 期

潘维

隋朝石棺内的女孩

日子多么阴湿、无穷，
被蔓草和龙凤纹缠绕着，
我身边的银器也因瘴气太盛而熏黑，
在地底，光线和宫廷的阴谋一样有毒。
我一直躺在里面，非常娴静；
而我奶香馥郁的肉体却在不停地挣脱锁链，
现在，只剩下几根细小的骨头，
像从一把七弦琴上拆下来的颤音。

我的外公是隋朝的皇帝，他的后代
曾开凿过一条魔法般的运河，
由于太美了，因此失去了王国。
圣人知道，美的背后必定蕴藏着巨大的辛劳。
我的目光，既不是舍利、玛瑙，
也不是用野性的寂静打磨出来的露珠；
但我的快乐，曾一度使御厨满意；
为无辜的天下增添了几处鱼米之乡。

我死于梦想过度，忠诚的女仆
注视着将熄的灯芯草责怪神灵，
她用从寺庙里求来的香灰喂我吞服；

我记得，在极度虚弱的最后几天，
房间里弥漫着各种草叶奇异的芳香，
据说，这种驱邪术可使死者免遭蝙蝠的侵袭。
其实，我并不是一个无知的九岁女孩，
我一直在目睹自己的成长，直到启示降临。

我梦见在一个水汽恍惚的地方，
一位青年凝视着缪斯的剪影，
高贵的神情像一条古旧的河流，
悄无声息地渗出无助和孤独。
在我出生时，星象就显示出灵异的安排，
我注定要用墓穴里的一分一秒
完成一项巨大的工程：千年的等待；
用一个女孩天赋的洁净和全部来生。

石匠们在棺盖上镌刻了一句咒语："开者即死"。
甚至在盗墓黑手战栗的黄土中，
我仍能清晰地分辨出他的血脉、气息
正通过哪些人的灵与肉，在细微的奔流中
逐渐形成、聚合、熔炼……
我至高的美丽，就是引领他发现时间中的江南。
当有一天，我陪他步入天方夜谭的立法院，
我会在台阶上享受一下公主的傲气。

——选自潘维：《水的事情》，北岳文艺出版社 2013 年

潘洗尘

没有蛀牙的童年

在我穷乡僻壤的童年除了母亲的乳汁
就再也没有任何与甜有关的记忆了

很辣很辣的大葱很咸很咸的大酱
很酸很酸的酸菜很涩很涩的沙果
大人们从嘴里一点一点为孩子们
省下这些食物的同时也省略了
我的蛀牙以及我童年时代
一切甜蜜的回忆

记得当年我总是偷偷溜进村支书家的院子
去捡一些漂亮的糖纸回家
然后再包上一瓣儿大蒜或一小块胡萝卜
所以比我更惨的妹妹小时候甚至根本就不知道
糖是甜的

这些年我总要在自己的书桌
茶几甚至床头
摆上很多很多的大白兔奶糖
没事时嚼上几颗说是为了少吸几支烟
其实骨子里却是为了弥补童年时的某些缺憾

这个习惯一直保持到现在
所以才在人到中年的时候
竟也孩子般地生出了蛀牙

——选自潘洗尘:《盐碱地》,长江文艺出版社 2014 年

庞培

古 镇 行

最后的街弄被暴雨闩死,
不知名的住家跌落天井;
但午后穿堂风追赶
相框里的幽灵。他们在用自己的影子笑谈,
在阳光下喝茶、听戏……

一阵桨橹的动静
撕裂夜空,月亮浮出云层,如污秽
河面上的死鱼……
雨中的亡魂前来朝拜,身穿蓑衣,
推开惊雷崩裂的房门——

风吹过整整一座——旧码头
集镇,几家船具店……
从合作社门前残留的标语上

放学的孩子们露出吃惊的眼神，扔掉
手里的糖果，本能地
退后几步。

——选自《星星》2002年第7期

庞余亮

这一天

有人收藏犀牛杯
有人收藏银簪
蹲在工厂围墙外的母亲
她每天都收藏
这条穿墙而过的废水沟里的
剩饭粒

她捞出那些废水中的闪亮
并将它们
摊放在竹筛中一一晒干
那些晒干的剩饭粒
装在瓦罐中
像是装满了碎玉石

母亲说，到了饥馑的日子

可以凭此续命
她忧心忡忡的样子
仿佛她预言的那一天
就在眼前

父亲则收藏旧日历
一年又一年
翻阅过的日历
他说总有一年
生活过的日子
还会重过一次

这一天
好像也没有到来

——选自微信公众号“小众”,2018 年 2 月 23 日

破破

一月二十七

小贾,细密的雨水又掉下来了
走进树林,趟上山冈
昆虫们远远地制造灰尘
桌上的盒子你曾见过

有时开启，有时合上
有时闭着眼触到暗处的苹果

或者说屋子里很空
一个人漫步使水草丰茂，天光倾斜
去年的姑娘从河流内鞠水，打量旧时楼梯
你也见过微风拂动的乔木林
多年后成为天空、树林以及马车内的静物
缓慢过你房门，说出暗号
梆—梆—梆
梧桐树叶子遮住眼睛了

——选自《寒潭山庄》2015年卷

祁国

老　了

真的老了
看碟也看得泪流满面了

好就好在
真的老了

一觉醒来

看的内容怎么想也想不起来了

——选自伊沙主编:《新世纪诗典:第三季》,浙江文艺出版社 2015 年

钱省

引　火

我的母亲在门外
为煤炉引火
她点燃一张旧报纸,报纸
在炉膛内燃烧,在一幅肖像上燃烧
也在一个过路人的眼里
燃烧
母亲的脸霎时间变得惨白
我们的晚餐
也在餐桌上变得惨白
时钟嘀嗒
父亲的低声询问
像工宣队员黑着脸的讯问
厨房像暗室
洗碗的声音锋利
而刺耳
在卑微的日子里

一个家庭命运的轮盘就此开局
谁也别说
就让它堵在喉咙
让它变成沉闷的咳嗽
一夜
一个夜晚和随后的日子真的漫长
就像墙上的影子
在惴惴不安中
挨着变短
变成心底的刻痕
再慢慢
平息
像什么都不曾发生

——选自川上主编:《象形:诗性文化读本》,长江文艺出版社 2011 年

桥

85 年木马睁开纯洁的眼睛

85 年一睁开眼就是政治课
清晨五点我骑在公园的木马上
政治课代表在桂花林里跑步
一朵桂花掉在她的头上

85 年二哥在大桥上走来走去
他的女朋友们已经开始发育
他穿红色喇叭裤，练习武术
偶尔忘记拉上拉链

85 年清晨空气真好
那时候印染厂还在中国台湾和新加坡
丝绸的美丽图案离河床很远
我们都睡在妈妈绣的荷花上
木马睁开纯洁的眼睛

85 年爸爸把头埋在水里呼吸
一条石斑鱼躲在石头缝里嘲笑他
那一年他入了党
呼吸正常
周六过完组织生活他就背起渔网
和上游的百姓争夺越来越狡猾的鱼

——选自《新汉诗》2003 年总第一卷

青蓖

我在今生

后半夜的月光和蛙鸣，令我也处在

神秘的自然之间。轻拍的水花，击打在小腿肚上
微凉的脚心似初生的我，感到凉薄和脆弱
而水似从不曾抚慰我的时间
只知道穿过我，流去前方
我不知道讨好谁，在尘世孤身一人
时有水草纠葛，要停便停，不懂得反抗
不是我要顺从命运
而是这水，穿过的从来不止我

——选自吕叶主编：《70后诗选编》，长江文艺出版社2016年

核桃之家

父亲退休后，一门心思都在夹核桃
核桃仁装满了罐子
而我和妹妹总是在买核桃
“这个固执的老家伙”
邻居太太神经衰弱地听着核桃夹咯嚓咯嚓
压碎弹跳的果壳
我和妹妹睡觉，有时在睡梦中牵回
别人的长毛狗，扔给父亲
“对，让长毛狗卡住核桃夹”
妹妹没有我阴暗
醒来后分不清梦是谁的
三十岁姐妹又同睡一张床

妹妹撅着屁股挨着我
我们的隔阂是核桃的膜
她挨我越近越感知到硬度
父亲每天从核桃壳中爬出来去洗脸
他睡在一张软垫上
床留给了母亲早年的英魂
退休前母亲是亡妻
一张注销户口纸
现在成了强势的女人
让我们甚至以为母亲死于核桃夹
“爸爸惩罚核桃夹的方式”
妹妹天真地笑出粉扑的褶皱
呵，她比我老得快

——选自《作家》2016年第1期

清平

为海子二十年忌日写下的几行诗

在人群中，我已经不认识你。
你来了，你走了，像罗马诞生了另一个罗马。
二十年前，你打开了一个世界，并亲手将它关闭。
然而它至今仍是一座花园，有不绝的游人
和像崇拜自己一样崇拜你的，未来的创造者。

爱他们吧。现在你有了爱他们的能力。

现在，你无须坐在太阳上，就能获取最美的火焰。

——选自洪子诚主编：《阳光打在地上：北大当代诗选 1978—2018》，北京大学出版社 2018 年

阮文略（香港）

大窝口村

——记一名（不存在的）旧难民

你老了，你只静静坐着
海风从汲水门吹进渗满汗的胳肢窝
渐渐就干掉。以前你放工
就从工厂区跑“长命斜”[①]上山回家
你喜欢一直一直看着那艘开走的船的白烟
你的身体渐渐无力，唯有把愈来愈多记忆放生
你旁观一局棋时风云变色，你老了
不想走开。半山楼底被猛风吹出陶笛的低音
都走了，师奶拉着满满的买菜车
一群孩子追逐着
像有一条不存在的狗也与自己赛跑着
多少年没有吹过陶笛呢

① 粤语，指很长的斜坡，似乎总也走不完。

别过华北家里的老父母,就此断了音信
追逐一条狗来到大窝口以后
你就老了,当狗还年轻着
伸着你想象的舌头,疏着半生的汗
直到你失去了狗,你就开始每日坐在这里
在家门前守着自己的岗哨
心里的狗到底没有回来,像从不存在
日复一日的海潮拍岸是不是一台老旧的衣车
一个洞补好了,下一个洞就拆开
而你已老,你在风里渐渐干掉
像一片华北的火腿,鲜红的老日子一直扁下去
连同猪肉的膻臭、廉价酒的涩
把旧情压得薄薄的,你才知道自己真的是老了
就渐渐不再存在,你一生的大错
是匆匆间遗失了那条年轻时的狗
狗从来不存在,你只是在撞聋的左耳里
一直一直的,听见你心跳出的狗吠声。

——选自微信公众号“月之源泉”,2018 年 6 月 26 日

桑克

出 站 口

没等走近,我就能感觉

扑面而来的敌意。证明自己是困难的。
我绷着脸皮，冷漠地走在人群的缝隙。
紧紧将挎包扣在胸口，仿佛每一个经过者
都是一个潜伏的窃贼。他们也是如此，
机警地盯着我。仿佛我鼻翼上的眼镜只不过是
骗子的道具。我打了哈欠。他们以为
我要搭讪，商量好似的迅速闪出更多的空隙。
我尴尬地站在空地上。天凑巧黑下来，遮住
我愤懑的表情。远客没有如期而至。
红色的灯光使每个人看起来都有些相似。

——选自哑石编：《诗镜》，成都时代出版社 2018 年

桑眉

逝去，或者永恒

她在木板上躺着，靠窗
头枕瓦片，仿佛夏夜纳凉；
似乎因为过于平静，而如同家什，
因为不平整而蒙上绸布。

娘家人没来之前，
她十一岁的长子和三岁的幼子在堂屋内外，
追来追去，满头大汗，

不时笑出声……

邻居一如既往，
扫地的扫地，带孩子的带孩子，
抱一捆干草的则慢悠悠地向屋后去；
狗偶尔出现，煞有介事地看风景……

除开她丈夫亲手凿的佛龛，
供瓶里的假花换成了滴血杜鹃，
这个叫寨头的村子，
与她生前没什么不同。

——选自马永波、王霆章主编：《汉语地域诗歌年鉴（2017年卷）》，东方出版中心2018年

森子

沙溪，一些倒影

有些想当然，水是水的独联体，
偶尔也会躲进房间啼哭。

拱桥是对驼背的挪用，另一个半圆
不行的人，却证实了行色匆匆。

我的逗留只印证了我更多的不在，
针在心尖上刺绣。

你在的时刻才会有不在的幻觉，
就像桨叶划开双手。

孤寂感，有时是蔷薇挑开窗帘，
踮起脚后跟的那一幕。

一会儿是朱丽叶，一会儿是林豆豆，
她们的错误不是时差，是包厢。

活着就要向大地缴纳投影税，
养活牛鬼蛇神。

倒垂的房子并不深入，流水替它表述
远方——众多的亲戚。

这首小诗只是临水木窗上的一个虫孔，
光阴携带鬼针草和艾灸。

它仍是精确的上午和下午，甚至
是不曾露面的主人，你在小街上碰到她。

——选自《诗刊》2011年第6期

沙河［马来西亚］

章回小说

从唐朝遗留下来的腐朽气息
在发黄的书页间流泛
风以无骨的纤指翻阅一面古典的地图
一首七绝在线装的门扉间吟咏
书蠹早已听惯深闺两情的淫语
及梁山霍霍的刀声

这一回
我的马蹄已踏遍殷纣的宫殿
大观园里夜夜灯火欢宴
明日上京路
风沙迷漫
今宵聊斋的魅影
在我脑细胞里修行

案前的神仙鬼怪
和我有着很深的代沟
在第三次投生后
我已习惯了江湖生活迤迤然
上黄鹤楼去痛饮他一个晨昏

于是我必须相信宿命
因为我们的故事始终一语成谶
在祖宗们把文字修成正果前
欲知后事如何
请看下回分解

——选自钟怡雯编:《中国新诗百年大典·第十四卷》,长江文艺出版社 2013 年

尚仲敏

做　人

如何做一个烟酒不沾之人
如何做一个谦谦君子
先生,我已恭候多时
你来的时候
西风正起

你那随从,皮肤白净,垂手而立
如何做一个饮茶之人
做一个爱运动之人
美人迟暮,大姐成群结队
鱼贯而入
如何做一个坐怀不乱之人

饮酒而又能不醉
先生读万古书
飞檐走壁,大盗天下
如何做一个玉树临风之人
做一个身轻如燕之人
先生,你接着说
我洗耳恭听

——选自《橡皮·中国先锋文学5》2016年

沈浩波

自我出生以来

没有见过一个有尊严的人
我们熟知所有事物的价格
脸皮和灵魂
不过是枕头和枕头芯的关系
我们不可能永远抱着
一觉到天明
自我出生以来
没有见过一个干净的人
在污泥中奔跑
也有骏马的心
自我出生以来

没有见过一个好人
我们互相指责
如同骗子抓住小偷
自我出生以来
没有见过一个男人
一个都没有
站着撒尿的姿态
令人看着
都为之心酸

——选自沈浩波：《命令我沉默：沈浩波1998—2012年诗歌选》，浙江文艺出版社2013年

沈杰

我是个兴许去过南方的上海女人

我是一个兴许去过南方的上海女人
兴许遗漏了十个、二十个
五年间流行过的本地俚语
当我，刨去嫩丝瓜那未获赦免的青皮
当我把大眼鱼和生姜煎得金黄，在
一次同性的朋友的聚会上
我是否手臂舒展，或刻意模仿着
削铅笔时代的姿势？

穿件小猫图案的黑绒背心，按班主任的
说法，她总是乱七八糟的啊总是
用奶痨患者的眼睛瞧人
还常常忘记，不该用带针眼的手，撑住凳子
干巴巴的小身子探过“三八线”
往男同桌这一边倾斜
“沈羽童，注意，坐直身体！”
有人说那时她已懂得，取悦男人

我，一个上海女人，一手的乱掌纹
关于恋情，职业或非职业看相者都意味深长
他们存心地高估着数字
南方呀南方，初次晤面的男人们念叨着
启动了自鸣钟似的机关
想象我坐上飞毯，一次简易的阿拉伯之旅

他们甚至以为看见了，我的
杂乱、刺绣、视线汹涌着的大床
镜子里的内衣与肩胛骨
我的深圳绸丝巾上伏着一头黑豹
（至公元某某年，有音乐，仿照张爱玲
一个人在异国的地板上栽倒）

人们都说我不像个——上海女人
并明确暗示这是恭维，更多时候，这是
一种被判决为处女的尴尬
观礼台上站着一排大头大鼻子的侏儒

树脂镜片，纸胡子，指指
点点，打着西亚高原的喷嚏
那被焚毁的日记里必定记录过
什么：十年来，我成功地摆脱掉羞耻

我并不认定自己是个什么上海女人
把潮流武装到牙套，到凌晨起身
裸身去网上，被访问—— 一只发情期的蝎子
“我年轻不能在北方长待”“今天服
香水明天去死，有没有区别?”
尤其是熏蒸补荷尔蒙哼催眠谣曲
朝虚拟的苹果吐一口清甜之气
我究竟缺什么？该怎么办怎么办吧

舣舟亭[①]记

常州东郊公园人迹寥寥
紫藤和香海棠遮蔽了
洗砚池，写下赤壁怀古的毛笔
无数次在里面浸润

化开，黑色的水，晕的圈
晚年东坡，从天之涯的海南

---

① 舣舟亭系南宋百姓为纪念苏东坡泊舟事件而建，位于常州东郊公园内，乾隆三次来此追怀、题字。

一年时间醉回江南，向着
初夏的常州靠拢
十一次靠拢后就地终老

有一次，他病中半夜泛舟
百姓夹岸观看造成道堵
另一次孤舟野宿，掀开长袍
玉佩映出月亮

春节和清明节端午节重阳节
一众节日或平常日子，舣舟亭前
阒无人迹，古运河河道也被废弃
只有，只有那东坡雕像
在念自己碑记的声音

——选自沈杰：《镜中问答：沈杰 1996—2016 诗选》，北岳文艺出版社 2016 年

沈木槿

低　音

下午已快过去。

天气闷热，建筑物在缓慢分解。

疾病在走动的衣物上加深。

叶片叠着叶片，人心上的重量
摇摇欲坠。

顺着大提琴的琴杆而下，
将触及严肃的低音。

——选自《诗选刊》2003年第6期

早　晨

但我并不嫉妒
少女们一茬茬地长起来。
我的健康只关乎朝霞的色彩。
当晨光爱抚着园中读书的少女，
树林饱含了露水，阴影，
草地在不易察觉地转深，
鸟儿飞远，划开明亮的大气……
那么，她的美丽就是我的美丽。

——选自《诗选刊》2002年第2期

沈睿[美国]

乞讨的女人

你像一个乞讨的女人，
看，你的大衣，有这么多的口袋，
他说这话的时候，我们站在琉璃厂大街上，
背后是荣宝斋，不远处，卖白薯的农民
把白薯的甜香慷慨地送给过路的人，

爱情使冬天的夜晚温柔，
我们拉着手走过深夜无人的胡同，
在李大钊家门口，
他吸古巴的雪茄，我呼吸深蓝深蓝的北京，

我的家乡，我的故乡，
胡同口的标牌，
在回忆中生锈，
连同这个小城的下午，
我不记得我是否也乞讨过爱情。

——选自米家路主编：《四海为诗：旅美华人离散诗精选》，北岳文艺出版社 2014 年

盛艳

木 匠

叮叮当当。
春天的时候你将成为一个木匠。
每个人都需要一根拐杖,蹩脚地走进酒吧。
你还好吧,镜子里外的人相互问好。
你拿起斧头,锯断旧榫头,成为一个木匠。

在马槽里捡到孩子,在田野里盖房子。
只要在意识里画一匹马,你就跃上马背。
岩谷里的阳光呵,那是泉水。
漫步在流水中,我们一无所缺。

这些是你不知道的。
在春天,新的榫头也被折断。
田野里长满树林,你成为一个木匠。
白天工作,晚上露宿。
你还好吧,地上和天上的人相互问好。

——选自《新汉诗》2007 年总第五卷

寿州高峰

木　桥

三更鸡啼,任老太慢慢醒转
她突然提起早夭的孙女
她还提起,河东娘家所剩的亲人

从清朝末年开始
这木桥就泡在水里
龙穴山的来水不讲道理
仿佛有人吐纳
算起来,木桥上还没有走过一百岁以上的老人

龙穴山的来水时断时续
断的时候,她的影子扣在河床的淤泥上
续的时候,影子浮起
在光斑里变碎,随落花无声漂走

——选自《新汉诗》2006 年总第四卷

水丢丢

美容时刻

现在是公元 2005 年
6 月 28 日，星期三
十点十二分
如果时间再往前半个世纪
在某个早晨，或许会有
一个睡眼惺忪的妇人
提着马桶，站在门口，等待粪车经过
她云鬓松散，衣衫不整，用手遮着嘴打哈欠
如果时间再往后半个世纪
在城市快要睡醒的时候
我听见楼下，清晰地传来
清洁工扫地的声音

深　秋

早晨的大雾慢慢化开
割草机开始一天的工作
你看，我身边一个人都没有
连呼吸都是轻微的
如果此时把我们的影像放大

如果有人此时大声说话，咳嗽
并走出衰老的步伐
刚好就可以填满整个屋子
过了许久，我决定去外面晒晒太阳
看一场没有结局的电影
顺便把你晾晒的衣服收回来
它们已等待多时

——均选自《新汉诗》2005年总第三卷

水晶珠链

沙　子

白色胶片的海面，只有一种滚动
把我转向你。我坐在腥湿的沙滩上
拨出你的电话。请听听这里的
海、太阳、沙滩、小鱼：它们
都只遵从一种滚动

我把你名字的三个音节按进沙里
那些透明和细碎的，在大海晃动的高潮中
退场，变成正午的沙滩。

我只是去走了一趟海边
我的头发、衣服和袜子里已灌满了沙子

我躺在一张冰凉、折磨的床单上
被剩余的沙子彻夜磨损

——选自《诗选刊》2003 年第 7 期

宋迪非

我的脸上有一个梦幻

我的脸上有一个梦幻
我的手迟疑地触到屋里的开关
然后我仔细抚摸
感觉和我的骨头相似
不论是凹陷还是凸起的地方
可是他并不说话
坐在椅子上
僵直的胳膊和耷拉下来的头
像是默示着一个神谕
这时窗外小雨掠过
掠过田野里荒凉的麦茬
和一座座堆起的草垛
而一个无名的人张开了手
放走了一只死鸟
我在窗前擦着了一根火柴

——选自《诗选刊》2001 年第 4 期

宋琳

公园里的椅子

太阳像一个晨跑的人，咚咚，
敲响地平线，用它的金脚踵，
树叶落入十二月，你发现一块冰
的凸面镜中大地的椭圆形。

冰碎裂，同样是短暂可见的事物，
那边跑过的影子哪一个去而复来？
你早早进入公园，坐着读信，
周围，摆着一圈圈的空椅子。

这些椅子表明一种姿势，
只不过现在空着，某人还未来，
他的司芬克斯还在路旁，高大而俊美，
它和他的影子纠缠着，不很清晰。

你早早来到，似乎出自对习惯的忠诚，
落叶在椅子下发出声音，
似乎在发问：下一个会是谁？
（你读的那封信没有寄信人）

经历了怎样的一夜！况且

白霜剖面。你需要静默十分钟。
悬置起某种意义，仿佛戏散场后，
道具留下，戏剧中的幽灵留下。

今天与昨天雷同，重复着昨天。
椅子是冬天公园里最基本的图像，
任意而慵懒的即兴诗行，
太阳和晨跑的人敲响地平线。

一朵朵云边缘明亮，擦过椅背，
被蓝天和巨大的城市所吸收。
有一种空虚从这里生长出来，
“等待”这个词像孩子手里的气球，

突然放开了。的确没有人，
每张椅子隐含一个永远的缺席者。
等来的或许是一张你自己的脸，
记忆的针尖穿过关节炎。

——选自《中西诗歌》2014 年第 3 期

宋尾

家

小狗在前面奔跑，它是家的一部分

沿着房子转悠,下面是马路
那里缺乏安全感
家是缓慢的延伸
顺着路径,我找到
日用超市、蔬肉市场、理发店、宠物医院
将它们与邮局、医院、银行分别插在卡片上
下午或晚上,我会去找九段
抽烟、喝茶,或吵架
夜半,路灯滞留在天际
它们找不到归宿,但遮蔽着局部的安全
纱窗外,保安低头跟草丛里的昆虫
说些什么
水从他们的故事缝隙里流过去
来到我的面颊上,它停顿了一瞬,又流走

——选自《红岩》2011 年第 5 期

笼　子

下午,一个木匠走进来,取走那些有轮廓的木制品和家具。
一个泥瓦匠将房间改建成弧形,使墙壁看上去没有任何角度。
最后,魔术师开始清场:
他首先把四周的油漆弄得柔软而弯曲
然后,当着我的面,将整个房间涂上一层明亮的颜料。
奇迹发生了,他把我变成了笼子里的钟表。
我甚至不知道,他是怎样让指针准确地走在我的心脏之上的。
天快亮了,我们还待在里面
我的猫惊惶地问,我们怎样回去?
我只能做到"进行"这一项,他摊开手说,如果能后退,我早就离开了。

——选自《新汉诗》2006年总第四卷

宋炜

还乡记(其三)

你都看到了,我的算术比结绳者的还要简陋:
几匹山,几条河,几条路,几个人,没有天空。
因为天空已蜷成一团,要等到某一天有了一本好书时
才被几个看书的人在一些分散的页面上展开。
第一遭,我们四个,排排坐,吃果果,来翻开这本书。
黑暗之中,你像一个领座员用手电让我们对号入座。
啊,这么多的鸡埘,这么多的鸡不吭一声,一齐忍住了禽流感;
这么多的敞猪儿,这么多的甩菜,这么多的脆臊面!

过了凉桥，从一个制香的作坊往北，一百多级石阶上
终于看见了光——我们看见的新天空是一张太大的亮瓦，
雨水还在上面流淌，细而红的沙线虫至今还长得像云彩。
而我们是向你借光的人，并就着光在上面写一些
闪烁其词的字。你看我的：小学生的格式，一通篇
都用“如果……”“因为……”来造句。啊，我想要
得到一个什么样的结果？答案在你那儿，还是在风中飘？
我从没写过任何一本乡村之书，只有怀乡的人
才会写。我有时更像一个抟泥的匠人，妄想过
在开天辟地之前就预制一个模子，也许就是你贫穷又
丰收时的样子。但这也从没发生过，因为连盘古
也没有用再造天地这类的地震或泥石流来吓唬过你。
乡村啊，只有我来冒犯过你，因为我从来就口无遮拦，
说“回家并不意味着抵达”。现在就算我们一道
往更早的好时光走，过了天涯都不定居，
此成了彼，彼成了此，我们还是一生都走不回去。
看呀，千百年后，我依然一边赶路一边喝酒，
坐在你的鸡公车上，首如飞蓬，鸡巴高高地翘起！

——选自敬文东编：《中国新诗百年大典·第十七卷》，长江文艺出版社 2013 年

孙家勋

看二人转

面对他们的自虐
你们发出
裂帛般的笑声
杀猪般的嚎叫

而我却面色苍白
咬紧嘴巴
默默地——
背过脸去

——选自《新汉诗》2007年总第五卷

孙磊

永　别

铁路沿着一个多石的山冈蜿蜒
向西,有一条橘色的河流叫矮日河。
铁轨像它的粼光一样波动

向西,我看到铁路桥下的矮日河突然
抽搐了一下。是的
那是我爱的人坐的车厢一瞬间
经过了它。

——选自吕叶主编:《70后诗选编》,长江文艺出版社2016年

孙维民(台湾)

麻雀之歌

我又来到你的窗前,像是
昨天那一只,像是更早——
当春日即将正式开始
观光客走了又来
当榄仁树发芽,红叶
落地如心爱的铅笔
当车站内挤满了人
在假期最后一天的下午
当隔壁的男孩在公园投篮
他的同学抵达脸书
当你正在洗米
或者复制文件

当雨滴如尖喙,啄食
阳台上的玫瑰和蕨类
当垃圾车来了又走
邻居们带着谣言回家
当夜色迅速覆盖了大楼
列车奔驰如火蛇
当男孩收到同学的简讯
它写:“真的假的……”
当你抬头看不见星
虽然知道那只是幻象——
我又来到你的窗前,像是
明天那一只,像是更晚

——选自《台港文学选刊》2017 年第 1 期

为一游民

也许有一天
你会穿过所有的街道
和不是街道的地方
(市场及车站消失如星)
穿过突然裂开的石头
草茎中的雨声和火焰
到达高且肥厚的围墙。穿过它
穿过狗、监视器、沙发
楼上的衣橱、保险箱、液晶电视

等等,以及温软的床——
停驻 0.325 秒之后
你终于穿过了
某人的梦

——选自孙维民:《日子》,新市孙维民出版公司 2010 年

孙文波

走 神

我坐在汽车里,我的心思不在汽车里,
一闪而过的不是街道、不是人群,
是我的一两个小念头:开门与人打招呼,
那个人是一个旧人,说的话是谜语。
下来走时,我掉进黑里,我是黑人。
我回家,空成为形容词。我使用它。
我坐在空里使用它。我用电话
打一个号码,一个金属人与我说话。
他是谁?他不是谁。我比喻他是蜥蜴;
他不是蜥蜴,他是一个神秘。我看不见他。
就像在这个世界生活我看不见世界。

——选自《诗歌月刊》2003 年第 9 期

唐不遇

我寻找一切貌似鸟的东西

我寻找着一切貌似鸟的东西：
小小的脑袋，尖而弯的长嘴，
一双带有利爪的细脚，优美的双翅。
一切貌似鸟的东西齐声哀鸣。

我寻找着一切貌似人的东西：
站着走来走去，手中握着什么，
窃窃私语，嘀咕着森林听不懂的语言。
一切貌似人的东西步上高楼。

——选自《诗选刊》2006 年第 1 期

唐捐（台湾）

鬼才相信

演习的兵
已经乘坦克车离去。他们用有力的指掌
擤出的一些脏话

如今深深为附近的蔬菜所吸收。鬼才
相信,将士们会怀念这里(本乡唯一合法的墓园)
鬼才相信,因为鬼也参加这次演习
他们扮演一种神秘的化学武器
充实那些无聊的耳目,他们也扮演音乐
扮演介乎敌军与友军之间的第三势力
此外,就是扮演生前的自己。如今
领到该得的冥纸
坐在坟头,观看录下来的悲剧。他们深信
人们将深深怀念这次演习
因为演习过后这世界多了三个鬼
少了三个兵

——选自唐捐:《无血的大戮》,台北宝瓶文化事业有限公司 2002 年

唐晓渡

靖　庐

——致 S.M.

总是从一张白纸开始
兀然落点、布横
然后驭气而行,势所必至
然后千峰万壑,满眼云烟,可言格局

说什么计白当黑计黑当白
只手抚平黑白两道
掌心里绵绵不绝如涌的
无非那一抹隐隐的青

总是从不计黑白开始
水墨商量、洇开
然后天高云旷，心庐自结
然后长河落日，杂树生花，大礼初成
那年你醉卧湖滨时我正狂歌于大漠深处
有谁识得两行苔痕终将发育成某种疾病
彳亍徘徊。生生复生生的
无非那一路隐隐的青

总是从某种疾病开始
无端微笑、叹息
然后星垂平野，月涌大江
然后昆仑静静旋转，幽兰谷底潜行
日前梦中大雪纷纷又雷声凛凛
从北滚到南，复从南滚到北
颠摆震荡。风暴眼中稳稳立着的
无非那一柱隐隐的青

——选自贾梦玮编：《江苏百年新诗选》，江苏凤凰文艺出版社 2017 年

唐小米

纪 念 日

好几次,在唐山抗震纪念碑前
我用脸贴着大理石上冰凉的名字
死去的人是焐不热的人。
也有几次,我远远地看着
冰凉的大理石
他们把门关得紧紧的
死去的人
是谢绝打扰的人。
还有一次,隔着大理石我听到
地下集市吵吵嚷嚷
有一家终于把门打开
贴出一张寻人启事。
那时,风吹着树梢
一个淘气的孩子坐在纪念碑顶上
我隔着空气仰头看见他
看着这片被风吹到外地的小树叶
我只见过他一次
只有一次
我的悲伤像纪念碑的悲伤
像纪念碑周围的

梧桐树的悲伤。

——选自中国作协创研部选编:《2015 年中国诗歌精选》,长江文艺出版社 2016 年

田桑

藏身于木箱的火

它有煤的自闭症
但不是煤
你不能把它像煤一样从身体中挖出来

它比煤藏得更巧妙
藏在木箱里
打开木箱你找不到它

它燃烧,照亮自己
主要是为了照亮过去
过去就在木箱里
关键是木箱里太乱
裤头、袜子、发黄的照片
以及日渐厌食的日记

还有些什么你已经难以想起

不，你不是故意的
它燃烧，暗暗地
燎得你浑身难受
这是它的怪癖，但何尝不是它的美德
关键是你
打开木箱也找不到它——
它从不在别处
但也不在这里

——选自田桑：《藏身于木箱中的火》，河南文艺出版社 2010 年

田晓菲［美国］

关于酒器

无论浓丽的、小胡子的波斯人，
还是努力恬淡的、微髭的五柳先生，
都教我在酒里忘记：有一天我将被制成酒器
其他都不过是谣言而已。

如果一定被制成酒器不可，
只有希望自己不至于生尘。
但是那陶匠他常常以奇怪的方式满足人的愿望——

比如说，他把我卖给一个有洁癖（如我自己）的人。

——选自蔡天新主编：《现代汉诗110首》，三联书店2017年

铁舟

在纪山寺

整个下午我都在
有一句没一句地
与两个女居士闲聊
阳光很好
没有其他俗客登门
她们手中剥着的豆子
有三粒落在簸箕里
有五粒飞回豆萁
有七八粒藏在她们半开的衣襟上
小小红色的豆米是我以前
从未见过的好心事
天黑的时候我起身离开
这个令人惊讶的地方
一身轻松
身后的台阶上留下她们
偶尔剥出的一点点

变黑了的坏豆米

——选自微信公众号“新诗道”

瓦兰

夜　巡

我站在黑暗的大地上，是天空的一道阴影
大雁领着月亮穿过军营
整座城市，秘密地向南飞

此刻，你细看这座城市，住满了人
但更像一座空城
在狭长的街道上，只有一个阴影

这里没有时间、历史和死亡
它是静止的
只有孩子奔跑时，才有响声

——选自《星星》2004年第3期

外外

曾经我们都年轻

我父亲在年轻时
喜欢和修自行车的人聊天
那是个年纪很大的人
我年轻时喜欢骑自行车上街
看各式各样的人聊天、走路
可以骑很远很远
骑出这座城市
我的儿子也将年轻
他会知道很多我无法想象的事
去很多我不知道的地方
他也可以和我的父亲聊天
我的父亲，长得很像那个修车的人

好事成双

很喜欢那双淡黄色的皮鞋，在
任何天气里行走得舒适又轻松
在床边，在桌旁
和矮凳子平齐的模样。
线条沿边缝出来，深入到鞋的内里，

手工的痕迹。
两只白袜子缩在原先脚窝的位置
两只猫在十月静悄悄接近
一小片云移过来
两个人从
我的窗下走过偶尔说着低低的话。
很喜欢所以又买回来一双，放在
衣橱顶的盒子里，灰尘落在上面，
薄薄的。

——均选自微信公众号“楚尘文化”

王敖[美国]

故　人

我的汽车跑得很快
很快就甩掉了后面扭曲的
盘山公路，天空中响着呼哨
除了偶尔能碰上一两只梦游的鸟
就只有白云苍狗了，我摇下车窗
把猎枪伸出去，再往各个方向开几枪

自由的感觉不过如此，我把车倒回去
重新停到公路边上，清辉之中，故人好几个

仿佛都中了我的,可笑的子弹,三个趴下,两个倒下
其他人用胳膊肘和膝盖支撑身体,后来他们连续组
　合,展示出一座群雕

——选自《诗选刊》2002年第4期

绝　句

在我的两次,轻轻的崩溃之间
有一扇窗,一捧啤酒花,还有一位千变万化的朋友
用宝石色的眼睛,染着我身上的各种光。我不停地爱上

从我身体中扯出的,一丝丝向前飘移的血,它们在窗外
仿佛雨后的樱桃树,我可不可以变回我自己呢,不需
　要告诉任何人

——选自谭克修:《明天·第2卷》,湖南文艺出版社2005年

王东东

隧道中的佛

为了你的故事,火车应该

学会其他的致敬方式，
然后继续行驶。虽然鸣笛
但不能扰乱星空，正如很多事情。

有人下车，在路边临摹《心经》
碑石前不吃不睡，荒草即将淹没。
很久以来，我坚信自己
不念诵，也能获得心灵的平静。

汽车颠簸中，闭着眼，在一张
表情多变的脸上我看到了庄严：
我惊诧，那就是佛，但又认出
那亲和，只能是我自己的脸。

我暂时不能得道，也应感到欢喜。
佛在大山中站起了身子，挣扎着，
就像盘古。大山酝酿着山泉，
地球才没有凸起为一座地狱。

在每个山洞口都有一个佛
被火车头推向另一个山洞口。
但是，不嗔怒，也不欢喜，
就如你无法指责一个过度繁殖的国度。

佛在大山中，而不是刻在表面
这样它就会躲过掠平信仰的炸药。
不要相信那些将世界当成比喻

和一场梦呓的人，远离他们。

——选自中国作协创研部选编：《2015 年中国诗歌精选》，长江文艺出版社 2016 年

王家新

在那些俄国电影中

在那些俄国电影中，
总是有暴风雪、有到达或告别的
火车（并且总是喷吐着浓重的白色蒸汽）
有贵族的最后的舞会
还有优雅的主人公，他一走向阳台
我们就知道
历史将在那里上演

我是一个来自中国山区的孩子
我从未经历过那么多
我只记得一次：当红卫兵冲上大街
我父亲一回家，就转身扛着门
并要用那根木杠把大门死死顶住
（好像猛兽马上就会扑进来）
就在我赶紧帮父亲时，我瞅了一眼
我妹妹：她在一边惊恐得

连一张纸片也拿不住
她在止不住地发抖

她现在还在那里颤抖
像一只受到致命一击的蝴蝶

——选自王家新:《塔可夫斯基的树:王家新集1990—2013》,作家出版社2013年

王良和(香港)

进　山

探路进山,循脚印踩出的隐约小径
走到尽头会是哪一个峰头呢?
荆棘与落叶,腿间绊缠着野蔓与乱草
风吹起一片松涛
丛丛碧青的松针外,云移天静
这身影将幻入时间的水墨
浓黑中的虚白,蒙蒙水光的呼吸
回头问你累不累,野路可没有亭子呢
(看画的人在疏树和山石间)
跟着我,会不会担心迷路?
多少年隔海看山
不知道山中和山外的风景,而我们

寻找风景,成了风景
山盘水绕,头上寒烟升起,我老了
你在后面说:走吧
仰望峰峦,遇到下山的樵夫
斧在腰间,两肩疏落的枯枝
云烟外,谁在烧水,烹茶?
谁在下棋,移动棋子?
谁从容落墨,在我的眼前升起
一座新的青山?

——选自《香港文学》2012年7月总第331期

汪启疆(台湾)

烟台苹果

钻入苹果园,陌生的
烟台,老夫妇正为苹果花
剪枝……爱不够均分
要有好苹果就得先作限制
我问能在这群矮树底下
躺一躺吗?我一直盼着仰卧在
结苹果的土地上,仰看
身体上方的小花。他俩点头
眼里闪着光芒:这自称为台湾来的人

可实在奇怪
苹果,同一轮廓的亿万姿态……
看一会竟真困了,风和蜜蜂也在忙
手中笔记松落,再赶快捡起覆放在胸口
我已不要去其他地方,烟台
就是身下的苹果园。老人守住了
为他俩的儿孙和土地,守住这
有根的地方,低垂的众多苹果花
覆满任何人的头颅

——选自焦桐主编:《2011 台湾诗选》,台北二鱼文化事业有限公司 2012 年

王瘦

火车的慢与快

如果火车开得慢些,你的心再平静些
我会给你讲个故事
爱情、生活、幸福、快乐一应俱全
像我们现在看到的景色
天气炎热,河面在阳光下发光
远处的房屋,躺在树荫里
在那片宽阔的平原上,风不停地吹过
如果火车开得快些,你的心再平静些

我就不需要为你讲一个虚假的故事
窗外的风光一闪而过，比任何时候去得都快。

——选自《寒潭山庄》2015 年卷

王小龙

情　色

秋天是陈旧的赌场指南
你听见它在风中咳嗽
揣一把侥幸进去
以为能逮着好运的泥鳅

只能浅薄思考，一张纸片
也值得男人慌慌张张地狂奔
只能东张西望，一匹流浪的公猫
瘦归瘦，精神也真精神

秋天是浴场的按摩服务
你能感受它手掌的温度
才不管客人亢奋还是沮丧
拍打你抚摸你要你别不甘心

这时玻璃幕墙上阳光狡猾地一闪

照亮了走过斑马线的女孩
那腿长得盘起来可以打结

——选自《现代汉诗》2012年第四辑

王小妮

月光白得很

月亮在深夜照出了一切的骨头。

我呼进了青白的气息。
人间的琐碎皮毛
变成下坠的萤火虫。
城市是一具死去的骨架。

没有哪个生命
配得上这样纯的夜色。
打开窗帘
天地正在眼前交接白银
月光使我忘记我是一个人。

生命的最后一幕
在一片素色里静静地彩排。
月光来到地板上

我的两只脚已经预先白了。

——选自伊沙主编:《新世纪诗典:第一季》,浙江文艺出版社 2012 年

女人们一团乱云过马路

隔着玻璃窗我看见女人飞渡。

有人太热爱马路了
她们把最小的奇迹变出来。
世界给弄得很满
纸币一张张飘过
体积更大的东西都来到她们手上
满足来得太容易了。

所有这些一起悠悠地过马路
风也转得晕了
忽东忽西找不准路。

多么养眼的一幅挂画
彩色马赛克拼起过街的女云彩
手不能空着,心不能安静
她们正用自己雕饰这年代。

后来我离开,她们也不见了

空空的街上只有招牌闪烁。
有人说过去什么也没有
现在什么都有了。

——选自王小妮:《害怕:王小妮集 1988—2015》,作家出版社 2017 年

王寅

时辰之书

我的灵魂这样软弱
对于爱情的向往使我精疲力竭
长久地拒绝命运递给我的手
我的爱情,你有多少泪水
我了解自己胜过了解黄金

时间徒然消逝
命运的列车装满灰尘
即使倾斜的春天
可以改变风暴的方向
徒劳的完美已经制造锋利的铁器
智慧也已经有了太多的悲伤

世界在彼岸狂舞

我将习惯于观看玻璃上的雨滴
观看我自己的舌头
犹豫使我激动不已

——选自《新汉诗》2004年总第二卷

王云倩/潘都

惜　别

河流渐小，市镇扩大，旧的事物被舍弃
除了逝者，爱的人们都已经离开了
唯有乡音里住着乡愁

叶子因水汽变得柔软，人们说，雨要下
要一直下到端午；三十六岁，中年少女
没法迷途。道路与河流于此分别，无笛声相送
请容我折一枝柳

——选自潘都“lora”微博

魏理科/大头鸭鸭

克　制

刀子滑落在地板上
叮当叮当的

餐桌暗红，蒜瓣
散落在汤渍
与几个白瓷碗之间
我把我的右手
抬起了一会儿，又放下

夕阳中的一条银鱼
穿透灶台上的玻璃

——选自《新汉诗》2003 年总第一卷

巫昂

给妈妈书

吃完这顿饭妈妈

我就要去往北京
继续我自己的生活
我会经过两个机场一条高速
从保安手中接过一张小卡片
进入小区
因为我是那里的业主啊妈妈

我从不打算离开你
但多年来我总是离开
并克制自己的坏情绪
我已经花了一百块钱
把你的马桶修好了
换了软管
马桶里有块发黑的木头
它在那里待了很多年了
但你不知道
你以为我还喜欢往里边扔卫生棉
妈妈,我不用卫生棉很多年了
我用 OB 棉条
今年我已经过了两个秋天
还有一个
在一万公里外等我
你永远不会知道密西西比有多么热
我会整理好自己的钱和行李
争取不把身份证弄丢
妈妈你一定不希望我像个幼稚的螃蟹一样
横行霸道

我的心在这里但身体已经飞升到地球之外
你一定不会感到奇怪
这是你亲自生下的外星人
你的羊水都已经变成了我的泪
你知道我的每一次不适应
和不协调
也知道我每一次搬运重物
都是为了寻找更多的水土不服

诗情画意

你的家族在聚会
你父亲的父亲、你父亲的母亲
你母亲的母亲
你母亲的父亲来自苏格兰，但已离散
每一年的聚会都有新鲜面孔出现
新的夫妻、男友、女友和小孩
我将会是其中一个
但不合群
我分辨不清侄子、侄女、外甥和外甥女
也不太讲礼貌
会忍不住说我靠
我的微笑是有限度的
私下里郁郁寡欢
你供给我三种选择：
生，不生，绝育

你不要求我成为妻子、母亲和祖母
你容忍我的雀斑、血肿和老年痴呆
假如我精神失常
你会送我到河边看太阳落下
我们中间
有一条血管会因为时常牵手
长到一起
我们的差异
只是染色体和基因

——均选自巫昂:《干脆,我来说》,北岳文艺出版社2013年

吴季

秩序的云

我出生的下午一切如常:猫在打盹
风吹过公园又停下来,远方小镇
有人在送葬的行列中思索诗歌的命运
孩子们在烈日下的公园撒尿
一些书被销毁,另一些高价贩卖
某大人物被迫流亡,所有来历不明的
财产还在清点

从小体弱多病，爱上了
插图中的玫瑰，在适当的
年龄入学，而雪柜那边的饮料已过期
母亲的左手苍白，右手变得黝黑
皱纹遍布天花板和墙壁。父亲
六时三刻前在杂货店做帮手
八点钟后醉醺醺地敲门，当足球
节目开始五分钟后即昏昏入睡

十二岁离家，习惯了没有金甲虫的日子
也习惯了没有滚轮和七彩弹珠的日子
宿舍里游荡着成形的思想，和五只蟑螂
它们每次出现的时候好像都很不一样

我孤身奋斗并爱上一位姑娘，当
独处一室的时候我就发慌
读着报纸忍不住胃痛，这时，在远方小镇
有人从送葬的行列逸出，并找到喜悦
我对着画报仓促地手淫，构思现成的
情节、人物，在航空港的绿色玻璃上
结束一次非分的旅行

在未经允许的时刻我跨入中年
肩膀渐渐感到酸麻，但理论之树常青
路灯与路灯并列。我按着
提款机的号码，对道德有了感觉

现在,我决心坐下来
总结一生的体会:猫在打盹
孩子们在烈日下的公园撒尿
楼顶上飘过秩序的云
七本大书跃出国界,并留在那里

——选自诗生活网诗人专栏“写作与拯救”

西川

2014年11月1日在贝尔格莱德惊悉陈超辞世

后社会主义的田野。
国家分裂余留下的丘陵。
玉米地包围的没有车辆的加油站。
走没了的人。

飞鸟不照影的池塘。
通向无处的林间小径。
东正教教堂的新彩画。小镇。
走没了的你。

半新不旧的晨光。
晚风里隐去面孔的哭泣。

我离家万里。铁轨。火车不来。
在无人知晓你的地方，
我念着念着走没了的你。

——选自中国作协创研部选编：《2015 年中国诗歌精选》，长江文艺出版社 2016 年

西渡

屠龙术

朱泙漫学屠龙于支离益，单千金之家，三年技成，而无所用其巧

——庄子

巨笔屠龙手，微官似马曹

——苏轼

庄子这故事说的是一个人
为了钻研一种无用的本领
倾尽了家产。当他的技艺
炉火纯青，他的青春已飘零

对于那秘密的技艺我们也
略知一二，我们甚至发明了龙
但我们终究无法为自己发明天空

这就是我们一切悲伤的起因

我们的故事说到底是同一个故事
我们结识另一些身怀绝技的人
高楼上通宵的倾谈,我们的精力
被一再地浪费。但在我们的情形中

浪费也许就是俭省,但故事
也可能不是同一个故事。我们发明的
重新发明我们。我们曾为此私下忏悔
却常常有一种傲慢的脱离大地的感觉

1967 年

手榴弹炸飞了半边桥栏杆
桥洞里的鱼反复洗着
身上的血腥味,进入秋天。

三月不雨的人间
连着炎夏。噢,第一场雨
仍藏在婴儿的哭声后面。

祖父在厨间
以草药占卜
他的一生在镜子中重演。

我出生，带着暴力和贫穷的原罪
来做这一家的长子
把灵魂带入另一次恶意的轮回。

八月草还是八叶草？
荒芜山下的田、山上的地
我大声哭着，度过无奶的婴儿期。

——均选自西渡：《鸟语林》，海南出版社 2010 年

蟋蟀

是水在控制我

是水在控制我。
冲刷着木梳的黑头发控制着我。
树枝长出早安的形状，
而它的根部在说晚安。
建筑物是白痴，那些进进出出的
表情的剪纸
是路灯的开关在控制我，
是烧焦、熄灭的眼瞳
反复鉴别，是清晨切开了
多汁的窗户
划伤了整条街道

和破漏的下水管
我们转动着嘴唇的车轮，
我们开着焦急的店铺。

——选自《新汉诗》2006 年总第四卷

夏宇（台湾）

疲于抒情的抒情方式

4 月 4 日天气晴
一颗痘痘在鼻子上
吻过后长的
我照顾它

第二天院子里的昙花也开了

开了
迅即凋落
在鼻子上
比昙花短
比爱情长

——选自谭克修主编：《明天·第 2 卷》，湖南文艺出版社 2005 年

向武华

夜行船

那时,我做的最勇敢的一件事是
挤进陌生的人群
没有一个旅伴
船上热闹喧哗,如同在树林里
找到船尾一个安静的地方
天上的星光奔腾
江水悠远

那时,我急于远离故乡
找到开阔的生活
两岸群山中的孤灯
一直向上升起,漩涡一样消失
迎面而来的街灯
又形成了一条光带

我心中没有任何问题
孤独一样让我热爱
记不得经过了多少港口
当所有的人在船上熟睡
我觉得我就是船长

迷醉于夜色中的航行

——选自向武华:《流》,长江文艺出版社 2017 年

向以鲜

火车之蛇

那年还不到十岁
为了见到火车
我跟着哥哥
从聂家岩出发
梦中的轰鸣犹在回响
响滩子河冲洗着清澈的旭日
料峭额头穿过早春的
桐子花和马耳草
滴血成珠滚落食指
一路急行奔向罗文
只有在那儿
才能见到火车压过大地
我不断问:你没有骗我吧
哥哥让我把耳朵贴向青石板
诡谲地眨着眼睛
听见没有听见没有
我用力把嫩叶般的耳朵压平

把耳朵嵌进石头里
好让耳膜更加接近火车的幻影
在心跳之外冰凉的世界
死亡般安静
这时山峦微微抖动了一下
哥哥突然叫了起来
一条斑斓的幼蛇
飞速划过我的耳际

——选自中国作协创研部选编:《2015年中国诗歌精选》,长江文艺出版社2016年

小安

今　天

我到处去逛逛,心里有时愉快,有时又悲哀。
悲哀要多一些。你经常悲哀什么呢?
天在上面下雨。今年特别爱下雨,秋分以后,光着头走路,是我一个人。
我斜着眼睛看人,都是双影呢,都是飞虫。
今天要不要请一个人到家里去。比如请一个大得不得了的乐山大佛。
我以前请过父亲母亲,狮子老虎,和一块泥球。
泥球最好玩啦,它一路滚啊滚的,到门口了,被门槛

挡住。

聪明害羞,笨,很不好意思。

我走到市场里,买了空气,水,土豆,酒精。

还有卖天空的呢。问我买不。要的,我买了四块天空。

——选自微信公众号“诗锚”,2018 年 5 月 11 日

萧开愚

死亡之诗

那是一片白色的沙滩,
公路在一公里外的山坡上
绕了过去。
沙滩上,阳光和鸟
分享一个少女。
这个美丽的少女的平静固定着罪恶,
她被罪恶分三部分分割。
我认识她,
一个偶然的机会,在电影院的台阶上,
我知道了她的名字。
我想到过一些不可企及的欢乐。

——选自萧开愚:《此时此地:萧开愚自选集》,河南大学出版社 2008 年

肖水

六朝古都

我听到了窗外的雨声，很细，像蚯蚓钻进泥土，
可春天还在远处，在村庄之外，田垄的尽头。

但雨水让我和那个世界，隔离开来，
我被包围在想象里，想象是一只在我身上吐丝的蚕。

有人敲打木鱼，江面上响起鸡鸣寺的晚钟，
有人在深夜将一只木桶扔进井里，井水比天空

更清澈，比一条鱼更想跳出落在他身上的树的阴影
一枚果子，青色，却像一条思春的青蛇。

它在寻找她的白衣男子吗？想着很多很多事情，
我在去那个六朝古都的火车上，安静地睡着了。

——选自萧萧主编：《2010台湾诗选》，台北二鱼文化事业有限公司2011年

肖雨

那是我们的位子

我和小 E 出门散步时
每当看到 126 路公交车
都会不由地加快步子
奔跑着跟上它
走到车厢尽头那个座位上
静静地坐下来
直至终点我们下来
然后又慢慢地走回来

——选自《新汉诗》2005 年总第三卷

星子[加拿大]

住在房子里的女人

你总在门口徘徊，
用两种语言呼吸。
回忆就像房子有着前院，后院，
你却想着多加几个窗户。

其实无所谓空间增值，
更没有美化价值，
除了你住在这里。

风把门弹来弹去。
影子在月光中打捞。
总有一天，你倦了。
挂牌等着房子出售。

在别处的故事，门背后
耳语不断你的另一种语言。

他们不知道你去了哪儿，
而雨如帘子一样，裹在你的脸上。

——选自米家路主编：《四海为诗：旅美华人离散诗精选》，北岳文艺出版社 2014 年

修远（湖北）

新年怀永华[①]

新年在苗圃里修锯枝条

① 即李永华（1976.9.26—2012.12.21）。

我的眼睛,总是
忍不住瞅一下地上的海枣
也只在三年前,我的一个兄弟
租赁吊车,开他的大货车帮我从城中拉来
它曾经多么高大、粗壮
如今烂成漆黑的一小截
而我的兄弟,新近逝去
三十六岁,正值青春年龄
短短三年,三株大树
一个人,訇然倒地
使我臂膀如此生疼!
从田间出来,我在车上
听人指点,叫喊
才知兄弟,就埋在一旁的路边
那天兄弟离世,我赶到乡下半途
兄弟家人,已将他匆匆下葬
兄弟啊,生前耿直,豪爽
一路撒烟,买单
而今我祭拜,却见简陋碑前
无纸飞天,无酒可饮
义气薄如纸,谁又会惦念一个兄弟的妻儿
二十五年来我怒目视人
二十五年前我也失去过父亲

——选自修远:《枯木集》,长江文艺出版社 2013 年

许立志

担 忧

我在担忧什么,一张暂住证还是一个
明天早晨的馒头
在十平方米的出租屋里
我被昏暗的灯光呛到咳嗽不止
用笔描绘打工的形状,最后呈于纸上的
却是一个弓着腰的背影
倾听夜晚的雨声,我似乎头戴斗笠
伫立于阳台
如此,我就成了一位
倚阑远眺的宋朝词人

——选自许立志:《新的一天》,作家出版社 2015 年

玄武

在深夜做算术的美人

警惕太热闹的,被人挂在嘴上的
并持有固执而久长的偏见

酒宴高潮,忽然想抽身而去的人
多么喜欢他的眼睛,一望而领其心

我会爱上在深夜做算术的美人
想念她捋额发的手,手心的微汗

越来越厌恶一个拼命爬的老友
去他的。他已经写不出人的语言

天未黑透,月已出来,照临这时代
我的句子多么苍白!

——选自微信号“小众玄武”,2018年2月22日

雪松

幼儿园

满屋子都是花花绿绿的纸
每一张都没有被耽搁
动物和植物开始生长
星星和太阳同时歌唱
整个屋子
快要飞起来了
它让一个老者突然失重

一头扎进偌大的
纸玩具箱里
一双双小鞋排列整齐
小得让人心碎

——选自雪松微信“赵雪松”

雪鹰（湖北）

张医生

黑暗中又有人叫张医生
当时，我正失眠
他每喊一声，我的痛苦
就加深一分，随之
也就翻一次身
我不知他听到我床板的响动
没有；如果他看见
我难受的表情
肯定会停止那一声比一声
急促的叫喊
张医生已经不行医了
因为医死了人
已被吊销了执照
但时不时总有人在夜半

大声叫喊我的邻居

——选自雪鹰:《平原志:雪鹰诗选》,新诗路·民间诗库,2017 年

哑石

进　山

请相信黄昏的光线有着湿润的
触须。怀揣古老的书本双臂如桨
我从连绵数里的树荫下走过
远方漫起淡淡的弥撒声。一丛野草
在渐浓的暮色中变成了金黄
坚韧闪烁有着难以测度的可能。
而吹拂脸颊的微风带来了琤琮的
泉水、退缩的花香、某种茫茫苍穹的
灰尘。"在这空旷的山谷待着多好!"
一只麻鹬歇落于眼前滚圆的褐石
寂静、隐秘的热力弯曲它的胸骨
像弯曲粗大的磁针。我停下来
看树枝在暝色四合中恣意伸展——
火焰真细密,绘出初夜那朦胧的古镜

日常生活

我说山谷的日常生活是绵长的
在清风抚唱的秋日里收集浆果
抱回干得可以燃烧的枯枝
（它们常被野兽的皮毛温暖得发抖）
这是生活；让湿滑的山石绊上一跤
爬起来揉揉红肿的膝盖
然后一脚踢开跌出的、不中用的老骨头
这是生活；夜读感受石屋的
阴凉以及犁铧翻开的铁灰色寂静
这是生活；从这片榛树林缝隙望出去
落日正拍打着幽深的、细浪如雪的大海
像一个永恒的幻觉这也是生活；
如果允许心像会比大海更大、更湿润
“它的千秋微响本是一股承诺之火！”

——均选自《诗刊》2002 年 4 月

颜艾琳（台湾）

夜 来 风

一阵风，把世界往前推动十公分；

随后，又将这一切
推向了我。
这一瞬间、那一瞬间，
我不前不后，
就像为了
与你重逢。

——选自潘洗尘：《读诗·词的迁徙》，长江文艺出版社 2016 年

言错（台湾）

苹果杰克[①]

噢，杰克，你忘了你的苹果
于是没人知道正午时的红有多鲜甜
于是你的饥饿掉进了隔壁的午餐盒
和我的爱，一起被剩下

噢，杰克，你忘了你的苹果
是不是怀疑偷走了你的反省
是不是成了滑稽剧中的穷小孩

① 苹果杰克：街舞（Breaking）的一种招式（apple jack），将手撑于地面，身体向后仰，脚往胸口夹成 V 字形，也被称为“V kick”。

粗心没有枷锁，谎言才是真正的囚衣

噢，杰克，你忘了你的苹果
不要在野性前先联想科技
不要把食欲对折
关于生存，胃在手指前面
噢，杰克，你忘了你的苹果
回来后你会抱怨
回来后我将责骂
摆出对方的V手势，宣告投降
这只是因谐音发生的故事
没有杰克、没有苹果，没有意义
想构筑一个没有因为的世界
所以那里有珍妮对着话筒质问：
杰克，你忘了你的苹果

——选自《台港文学选刊》2017年第3期

严力

中国抽屉

我拉开一个个抽屉
翻阅自己经历过的岁月
抽屉里那些

曾经提心吊胆的地下诗稿
如今安静得能听见
养老的声音

抽屉里
还有一沓已成为古迹的粮票
自从它们成为古迹的那一天起
我就知道虽然它被称作文物
但绝不为这块土地上的农作物
感到一丝骄傲

抽屉里
还有两枚红卫兵袖章
一枚已生锈的半钢手表
几张 1976 年 4 月 5 日
天安门悼念活动的现场照片
它们具有同样牺牲后的肃穆

抽屉啊中国抽屉
甚至在“黑五类”肉体上
拉开的抽屉里
也必会有一本红宝书

——选自沈浩波、符马活主编:《2008—2009 中国诗歌双年巡礼》,浙江文艺出版社 2009 年

纪　念

2001年9月11日那天
我在电视画面上看到了
有一个人从世贸大厦往下跳的镜头
这个镜头在之后的许多日子里
不断地在我脑中浮现
不断地
浮现
而我也不断地希望下面是水
是游泳池
是一场跳水比赛
有几次
我甚至感到了溅起的水花

不久前
水花真的溅了起来
并打湿了我的衣裳
因为我突然领悟到
这也是一种通过我的内心
让他进入天堂的方式

——选自米家路主编:《四海为诗:旅美华人离散诗精选》,北岳文艺出版社2014年

颜炼军

一百岁之诗

周末，携四岁女儿逛孤山
我们穿过流汗的阳光和人海
走近五百岁的香樟树
忍着老树精发出的凉意
我费了许多口舌
给女儿讲五百岁是怎么回事。
这一讲，把我逼入了绝路——

中午回家的路上，女儿
讲出心中盘旋已久的担心：
“我一百岁了，会不会把我们家房顶长破？”
此后几天去幼儿园的路上
她每每为一百岁发愁：
“爸爸，等我一百岁住几楼才够？”

直到有一天，她指着地球仪对我说：
“爸爸，等我一百岁了我带你去爬阿尔卑斯山。”
“我等着。”我答道。
就这样
我们等着，直到有一天
不再为一百岁的事儿发愁。

——选自《创世纪》2017年3月总第190期

颜彦

年长记

医生说了什么一定有真实性吗?
她暂时代替了我的眼睛
检查我自己不可见的深处
我愿意在上一秒是她
可我,常常也怀疑我自己
从我身下飞出的是燕子、喜鹊或者乌鸦?
只有白床单显得无辜,它抹去了多少痕迹

开窗
我急需要开窗使空气流动
想到这里我走过去,发现并无一物关闭

噢,原来这不是 1984 年的伦敦
我的面目依然丑陋。
我 21 岁,在幻想中经历数次高潮
结婚五次,有四个孩子
每晚对丈夫说:我爱你

——选自微信公众号“昼晚”

岩鹰

深夜的雨

一场下在深夜的雨
仿佛就是为了不让我们听见
为了让睡梦中的人翻身
却不让他醒来

一辆雨中驶过的汽车
就是为了掩盖雨声
为了让我们不间断的呓语
像涎水流出嘴角……

有那么一刻钟
雨,像一阵黑暗中的乱石在敲击
一面旧鼓
随后箭一样射穿了鼓面

一场雨没敲响我的门
却送来了一个女人马路上的骂声
一个女人终于在雨中破口大骂
如果可能,我愿爱上这个深夜的女人

——选自《星星》2004 年第 3 期

阳飏

雨下了一夜

雨从黄昏开始下,下了一夜
天上那么多那么多的星星,全都躲雨去了吗
那头冷得瑟瑟发抖的小牛犊含泪的眼睛——为什么
　含泪呢
一个年轻喇嘛从雨中走过,他走路的声音很响
扎尕那又一个寂静的早晨,就这样跟着他泥泞地走
　向了白天

——选自潘洗尘等主编:《读诗·第2卷》,长江文艺出版社2016年

杨碧薇

僧侣走过高棉大地

穿行在暹粒的幽林间,整个午后
只剩一双被热土烤疼的赤足
我要去小吴哥,看一看残阳落幕

恐我此生,修炼不成合格的苦行僧
在假货琳琅的日常生活中
风不轻,云滞黏;操练佛法,约等于例行表演
而我丰富的情感还在疯长,沿着世俗的权杖
攀延到今生尽头,在那儿等我
捉弄我

据说,做我这行,就应该清心
若难做到,装,也得装出矜持与美德
以混成彼岸的一分子,舀上一碗粥
但我心中有魔,它常常令我
憎恨古寺的清净和纸上的修辞
使我感觉无处皈依

生养我的土地,也逃不开无所归的劫数
九个世纪前,伟大的帝王举一国之力
用万骨铺就血中含笑的吴哥窟
后来,华人来了,法国人来了
日本人掠夺宝石,见佛杀佛
数不清的佛像被切割成块,漂洋过海运往东瀛
战争结束后,这堆残肢断臂回到故国
人们又一块一块地,将它们重新拼成佛形
像是被下了诅咒,杀戮尝到了甜头
它将正义据为己有,将美打入常识的牢狱
当骷髅小山成为这个国家再普通不过的垃圾
当文字、知识和情操在高棉大地上一点点枯萎
当活体取脑机准确地抵住思想的头颅

佛还在从容微笑，伤口绚烂
再往后呢，就是我看到的这些
发达国家的代工厂调整着原初的风景
更多的褶皱、层落与幽暗占据了人们的心灵

身为僧人，我未免思虑过多
我的本分是诵经打坐，尽早让自己获得解脱
可我选择了散步林中，与黄昏独处
远离寺庙，我再一次问自己：更好的日子是什么
是否像斜穿榕树的光束，照亮空气里不断下沉的
　尘埃

有喇叭声鸣响，我顺势展眼
后车斗里站满孩子的卡车刚刚开过
装饰着彩钻的大象，驮着一名中国女孩走近
对她合掌致意的，是披单上插着无忧花的我

——选自微信公众号“仲伟志搜神记”，2018 年 5 月 11 日

杨典

两个庞德

公元 219 年，《魏书》中的庞德
带着棺材与刀赞美战争

被擒时，只见一团团意象在水淹七军
千年后又来了个美国庞德
也自称意象派。他是叶芝门徒，与艾略特同窗
乔伊斯之友，海明威之师——他赞美法西斯
也翻译了孔子，写有汉字的怪诗，并在囚笼里鼓吹着
地铁、花瓣与战斗机。可惜没有好杀戮的人来砍下
　他的头颅：献给关羽
这两个庞德都在1972年我诞生之时
秘密地活着，又秘密地死去

冷　酒

有一个美人，我已经三年没见
有本1979年版的《蒙古秘史》落满了尘埃
（古籍不读，方觉更有魅力）
我端着朝霞——这晚过夜的紫米粥
看什么都是凉的：蒸煮风景，靠的是大味若淡
午后偶得仿古漆器三小盏
及冷酒一瓶：知善烹者重火，不重盐
我今年38岁了，还有十二部奇怪的书在等我去完成
镇三山、打谱、以严密逻辑分析解构一朵白花
或月下一醉、快马一鞭。汉语在我心中壶天神隐
它始终随鹰王、陶宗仪和蜡烛一起秘密闪现

——均选自吕叶主编：《70后诗选编》，长江文艺出版社2016年

杨汉年

采 石 场

把他送到长流镇的荣山后
我就睡了。这次是真的睡着了
但我并没有走远
一直躲在他看不到我的地方
既然他不安心做个农民
待在家里耕田种地
就让他去与那些石头为伍
我对任何人都是铁石心肠的
从来不会有谁
能在冲动中认清我的真面目
他要是继续那么怨天尤人
我会设法暗示把五四式手枪
插在裤脚管内的包工头
叫他连夜卷铺盖滚蛋
这次我只给了他一个星期的时间
让他挣点路费回家
他勉强做到了
结果弄得满手血泡
像是对我的控诉
他接着上路了
去其他地方寻找他的午餐

他走得匆忙
忘了将碎石场的轰鸣
还给被雨水击穿的工棚
不过有一部分仍然积淀在他的耳蜗
与他的脚印相对称
我像一朵云
时刻飘荡在他的头顶

龙 来 了

很久都没有见到龙了
以前,雨连下几天
我们会在屋檐下抓到它的胡须
几个月不见雨
就会有人到庙里烧香
在烟雾中呛得直打喷嚏
从我们搬到开发区
几乎没有想过一条龙
它在高高的云端变幻脸谱
与脱离了土地的一个小商贩之间
还有多少关联
从年头到年尾,忙于生计
都快忘记它长什么样子
今天腊月二十一
一群庄稼汉抬举着
一条粉红色的龙在杨市街上巡游

转眼进了我的便利店
它来了,就在你的眼前
所到之处鞭炮齐鸣,锣鼓喧天
每个人的脸上都是喜气洋洋
这就够了
要不是快过年,它也懒得挨家挨户
大老远跑来给我们送祝福
我给它的辛苦费,你猜是多少
是一个小小的红包

——均选自微信群“潜江诗群”

杨佳娴(台湾)

我们一起养过的那只猫

早就已经存在了。
可能走得稍微远一点
在你三十五岁
而我三十岁的那个地方
等待着,与书柜一同壁立
看雪标点窗景,抓伤地板,呵欠
只因为迟迟不能决定
应该从中译本还是英译本开始读起
(啊,它像你一样勤勉好学……)

想起届时必须面对
两只猫,你偶尔也过敏似的
在早晨里打起喷嚏来

——选自杨小滨编:《中国新诗百年大典·第二十六卷》,长江文艺出版社2013年

杨键

母　亲

母亲保留了她当年扛煤炭时穿过的一双球鞋,
上面共有二十一个补丁,
干干净净(难以想象的干净)
待在鞋柜里。
母亲好像从来没有年轻漂亮过,
她是如何从割麦子的女孩变成在长江边砸矿石,
在解放牌卡车上运水泥的妇女?
她一生做过十三种临时工,
为什么离开泥土一切都变成临时的?
她做梦都想变成正式工,
但一生也没有做成。
我想起成群结队的在长江边砸矿石的妇女,
其中就有我的母亲
用那种蓝色的帆布做的帽子,裹着头发。

刚刚来临的工业把她们圈在浑浊的
长江之边。
她们大都是从乡村，
同她们的男人一起来的。
我记得父母亲好像从来没有快乐过，
我们兄弟三个也没有，
为什么没有快乐也会遗传？
我保留了两张照片，
一张是我们全家的，
一律的呆滞、迷惘。
一张是我曾祖的，
表情肃穆、恭敬，只能来自古代。
我凝视着这张照片，
久久不忍放手。
窗外的雨水再大
也引不起我的注意，
免得稍一走神，
又被卷入你的河流之中。

——选自《海拔》2011 年第 12 期

古别离

什么都在来临啊，什么都在离去，
人做善事都要脸红的世纪。
我踏着尘土，这年老的妻子

延续着一座塔,一副健康的喉咙。

什么都在来临啊,什么都在离去,
我们因为求索而发红的眼睛,
必须爱上消亡,学会月亮照耀
心灵的清风改变山河的气息。

什么都在来临啊,什么都在离去,
我知道一个人情欲消尽的时候
该是多么蔚蓝的苍穹!
在透明中起伏,在静观中理解了力量。

什么都在来临啊,什么都在离去,
从清风中,我观看着你们,
我累了,群山也不能让我感动,
而念出落日的人,他是否就是落日?

——选自诗生活网诗人专栏“古桥头”

杨黎

什么是爱情?什么又是雨点?

一个很远的人来到我的身边
他说:我爱你

他说完后就走了
一个很近的人也对我说
他爱我
他说完后还站在我的身边

我去很远的地方找很远的人
我没有找到
而回来后，我看见那个很近的人
正从对面的街上走过
我喊他，他就向我跑来

这是一个姑娘讲给我听的故事
可是我忘了她的名字

找王菊花

在中国，有没有
三万三千三百三十三个
王菊花？在中国北京
有没有三千三百三十三个
叫王菊花的女人？
她们都是些什么样的女人哦
都是些什么样的女人
其中一个，当时只有十九岁
和我在天通苑生活了
三百三十三天又三个小时

那是好幸福的日子,好幸福的
日子,只是幸福得太短
三个小时后,她去了北三环
就再也没有回来。在中国
有没有三万三千三百三十三个
王菊花?在中国北京
有没有三千三百三十三个
叫王菊花的女人?
我只认识一个,仅仅只认识一个啊
可是她走了,就再也没有回来

——均选自杨黎:《一起吃饭的人》,重庆大学出版社 2012 年

杨炼

肖像的生活

这监狱仿造你们寂静的肉体
一部传记中被漏掉的次要角色
活着　仅仅为服刑

为了在每天分配的小小悬崖上
把砍下的头重新摆好
溜出黄昏画框的头

都是咬断过舌尖的
像家庭一样在雨中发黑
嵌进水泥翅膀的树叶一片片发绿

那踩到老鼠或蛇身上的尖叫
准是红的让午夜准时踩中你们
宣布延长空白的表情

每人从死后回来摘掉自己
也没人敢看着自己
穿过盥洗室走进下一顿难忍的早餐

——选自杨炼:《周年之雪:杨炼集 1982—2014》,作家出版社 2015 年

杨森君

长流水一侧的旷野

整个上午,我一个人来回走动
在方圆一公里的灌木丛里
我并不像当地的农民,走动
只为了采集草根底下黑色的木耳
不是,我说不清原因,就像我
说不清时光经过这里的目的

就像我同样说不清这里的蝴蝶
为什么和别处不一样
它们散漫,寂静
偶尔会落在一株野花上
把脸埋起来
在这片不为人知的旷野里
一切都很缓慢,一切都仿佛
受制于寂静。离开的时候
我分明感到了一种强烈的挽留

——选自《诗歌月刊》2006 年第 10 期

杨小滨(台湾)

呼吸指南

我戴着口罩,坐在电视前
遥望屏幕上的蓝天。阳光下
粉扑扑的孩童在唱:
“解放区的天是明朗的天!”
幸福的主持人抑扬顿挫
朗诵晴天的喜讯。
突然,屏幕里伸出一只手
摘掉了我的口罩。
微笑背后响起命令:

“你必须呼吸这纯净”
把鼻子也摘了下来
递到主持人的话筒前。
“这烟雨苍茫的都城!”
从欢乐的韵脚里
我闻到了新鲜的唇膏
对灰蒙蒙的世界一无所知。

后事指南

我刚死的时候,他们
都怪我走得太匆忙。

其实,我也是第一次死,
忘了带钱包和钥匙。
“一会儿就回来,”
我随手关上嘴巴,熄掉
喉咙深处的阳光。

我想下次还可以死得再好看些。
至少,要记得在梦里
洗干净全身的毛刺。

后来,我有点唱不出声。
我突然想醒过来,但
他们觉得我还是死了的好,

就点了些火，庆祝我的沉默。

——均选自杨小滨微博“杨小滨·法镭”

杨章池

清晨广场所见

三个老人在天上盘旋，
老鹰用爪子牵线，扯他们。
四个壮汉在地上旋转，
陀螺用鞭子抽他们。
一群姨妈被关在音响里，
乐曲要多旧就有多旧，跳着她们。
小狗牵着瑟缩的主人。落叶
借一阵风回到枝头。
这是我今天早上看到的，
你如果在便河，还能看到更多。

——选自杨章池：《小镇来信》，长江文艺出版社2018年

杨子

我在最深的梦里极目远眺

我在最深的梦里极目远眺。
我看见我是一个闪闪发光的机器人，
我正在和那些白痴的计划一起冲进大海。
我在星光下咀嚼大蒜和玫瑰。
我骑着一匹黑马穿过史前的巨石阵。
我在用红色的油漆泼溅疯人院雪白的围墙。
我在和一个悍妇吵架，
她的眼睛蓝得像两朵雏菊。
我的雪白的床单上印满了野猪的蹄印。
我在亚美尼亚的荒野上等待外星人的造访。
我在紫禁城的废墟上等待一个将要到来的妃子。
我在修剪胡子为了参加一个宣判我的会议。
我已经有很多年不做梦了。
我在亚洲腹地的沙漠上钓鱼，
虽然我更喜爱那些散发出情欲中的女人气味的石头。
我得到了蝎子和勇敢者的骸骨。
我在最深的梦里梦见了我的到来。
在漫长的消失之后，我正在无边地到来。

——选自《诗选刊》2001 年第 1 期

姚风(澳门)

情　人

在骨灰盒里
我的每一粒骨灰还保存着炉膛的余热
鲜花簇拥,对人世我恋恋不舍
我听见哀乐沉重徐缓
亲人节制但悲痛的抽泣
来宾在鞠躬时骨骼和衣服发出细微的声响
大公无私,光明磊落,低音的悼词
删除了我一生中的瑕疵
在悼词的停顿之间,我更听见了
站在最后一排右数第三个女人的低哭
突然间,骨灰盒闪出火光
那是我化悲痛为力量
每一粒骨灰又燃烧了一回

——选自诗网刊,2016 年 10 月 20 日

叶辉

萤火虫

在暗中的机舱内
我睁着眼,城市的灯火之间
湖水正一次次试探着堤岸

从居住的小岛上
他们抬起头,看着飞机闪烁的尾灯
没有抱怨,因为

每天、每个世纪
他们经受的离别,会像阵雨一样落下

有人打开顶灯,独自进食
一颗星突然有所觉悟,飞速跑向天际

这些都有所喻示。因此
萤火虫在四周飞舞,像他们播撒的
停留在空中的种子

萤火虫,总是这样忽明忽暗
正像我们活着

却用尽了照亮身后的智慧

——选自微信号“一条”,2018 年 6 月 4 日

野鸭与白鹭

野鸭和白鹭
停在离岸不远的湖中
头朝向浅岸,石头还有芦苇
一棵乌桕微微晃动,几个小时
野鸭在睡,穿着那件
老旧的蓑衣,白鹭注视着它
或轻灵地收起一只脚,佯装俯瞰
水草摇曳。天空湛蓝
像在某种远古的时间里
白鹭和野鸭,它们之间的静谧
隔着白光和灰暗的倒影
隔着不同的时代
突然野鸭飞走了,傲慢的嘴
肥硕的尾,从湖面上升起
只留下白鹭,独自站在一片涟漪里
湖面之上是正午酷热的寂静

——选自哑石编:《诗镜》,成都时代出版社 2018 年

叶匡政

葡萄藤

我三岁的女儿
她喊我哥哥,她喊我姐姐
她喊我宝贝

我都答应了
因为我渴望有更多的亲人

傍晚,坐在后院
我们一起仰起头
我们一起喊:"爸爸,爸爸……"
我们喊的是邻居屋檐下
那片碧绿的葡萄藤

我们多么欣喜
我们紧紧地抱在一起
因为我们都喊对了
它是我们共同的父亲

——选自《诗歌月刊》2000年创刊号

叶球

琼州海峡：纸牌游戏

将你的膝盖
当牌桌
散乱的牌
飞向你
或许只说几句
长期被冷落的话
却疲于交谈
海岸线是你的睫毛
天色不好
我就剩下最后一张
打开笼子
让鸟随便一些
爱情已经寂静

雪 在 烧

提着灯笼
可照见一个古典女人
在冬日的夜里
握着一把粉红雨伞

动摇成画
旋转成黑白

而她的少年
正独步在窗外捡着落叶
左顾右盼
有一双手在月亮的背后等她
一等就是三十年
月亮不久后就死去
而影子又活了三十年
每一棵树都是黄昏
每一种黄昏
都是一个薄衣女子
在一片叶上的唇痕

——均选自叶球：《滂沱》，时事出版社 2004 年

叶英杰（香港）

循

我只会感到宽慰。
每次巴士到来时
我都可以预计
我在里面能够占据的位置；

唯一不确定的是上层。
踏着小小的梯级,向上弯
一排排座位
多少头占据着? 去证实
再退回来,或留在下层
那些倒头的座位?
只能踮起脚尖坐着
座位下面隔着滚动的车轮。
坐到哪,都要调校冷气出风口
太热,又调过来。
我们都坐着,有更多人
站着,不时交换两腿
有些人向窗外张望
有些人低头,努力抓住手机发出的光
有时我瞥见你手机上的脸书
你指尖在上面
划过一张张脸
每次巴士转弯,我们的身子
都弯向一边;
我有时就坐在你后面
你头上一条长长的白发
我只能看着它掩掩映映。
最初乘巴士,害怕晕车
我正襟危坐,你在前面假寐
我看着你的头有时歪向左边,有时右边
有时挨到身旁陌生人的肩头,扎醒
又努力向反方向挨。

后来我习惯了,可以
比较从容地陷入自己的座位;
到总站后,路上
一直纠缠的路讯通
终于愿意放开。
我跨出车厢,眼镜镜片
就被霞气覆盖,霞气仿佛不愿消散。

——选自《声韵诗刊》2013 年 1 月第九期

一行

追　忆

这是多年前一个夏天的夜晚
一个孩子,从梦中醒来。
村庄,在风中吹着口哨
伴着远方蓝汪汪的狗叫。
而月光落在瓷碗里,四散飞溅。

大人们睡着了,他们像灯一样
点亮的注视,不再将你守护。
你感到一丝恐惧,却又伴随着某种
奇怪的喜悦。夜突然间放大了:
星群开始绕着你的面庞转动。

而你的眼睛渐渐脱离了身体
像两只甲虫，在天空飞旋。

——选自《天涯》2005 年第 4 期

亦来

突 然

突然到来的一天
突然在清晨插入日历
天空突然蓝得出奇，仿佛
围护土地的海水，突然厌弃了土地
突然看见飞鸟，用鱼鳍荡开大气
突然看见抖擞的菊花簇拥着一轮月亮
让鬓角灰白的南方突然满头金黄
一座城市突然陷到海平面下去了
突然需要万千根火柴
突然又只需要一把清癯的镊子
黑暗突然有了两个胃
而眼睛，突然惊讶于未及消化的无数个世界。
突然的颓唐在虚无中发现了光
突然的措手不及解放了手
不疾不徐的夜晚突然望物则喜
早已厌倦的四壁突然变得新鲜

突然有客人从外面敲门
突然不想搭理
突然就想这多突然的一天，不再收容其他的突然。

——选自川上主编：《象形：诗性文化读本》，长江文艺出版社 2015 年

伊路

佳 境

那个丈夫
细心地把怀孕的妻子
从三轮车上扶下来时
是有一串娇妍的花藤跟着弯下来的
他又笑容可掬地给车夫付钱这时
也是有一只金鸟在其间拍翅的
十米之外的我
感到有暖风拂面
一旁的玉兰树香得格外温馨
过往的行人显得深情满满
世界在这一瞬间
完成了一个
许久难以如愿的佳境

——选自《扬子江诗刊》2012 年第 3 期

伊沙

9·11 心理报告

第 1 秒钟目瞪口呆
第 2 秒钟呆若木鸡
第 3 秒钟将信将疑
第 4 秒钟确信无疑
第 5 秒钟隔岸观火
第 6 秒钟幸灾乐祸
第 7 秒钟口称复仇
第 8 秒钟崇拜歹徒
第 9 秒钟感叹信仰
第 10 秒钟猛然记起
我的胞妹
就住在纽约
急拨电话
要国际长途
未通
扑向电脑
上网
发伊妹儿
敲字
手指发抖
“妹子,妹子

你还活着吗?
老哥快要急死了!”

——选自伊沙:《一沙一世界:伊沙集 1988—2015》,作家出版社 2017 年

饮江(香港)

蒙娜丽莎的微笑

蒙娜丽莎微笑之前
别有一微笑

“这么个样子
不是很好吗?”
她说

她微笑着说
她笑的时候
不无一点狡狯

画者达·芬奇不同意
他不同意,不满意
但没有办法
直到临终一刻

不无一点遗憾他瞥了一眼
墙上那画像,却不由得
惊呼一声叹息来

“怎么个迷离仿佛
我呀竟是到了现在
此时此刻才知觉
那画的好呢”
他说

蒙娜丽莎执着他的手
惨淡无言

看着渐渐远逝的达·芬奇
又望了一眼
那画像
惨淡无言她对自己
笑了一笑

“我为你保守着的
犹如坟墓保守着尸体
世人不知道
你呀
伟大的画家中
最伟大者
你也最终不知道

你曾经，你仿佛，你知道
你呀，你也最终不知道”

——选自《声韵诗刊》2011 年 10 月第二期

尹丽川

情　人

这时候，你过来
摸我、抱我、咬我的乳房
吃我、打我的耳光
都没用了
这时候，我们再怎样
都是在模仿，从前的我们
屋里很热，你都出汗了
我们很用劲儿。比从前更用劲儿。
除了老，谁也不能
把我们分开。这么快
我们就成了这个样子

什么样的回答才能让你满意

他们都那么愤怒

他们问我为什么
那么需要男人
“就那么需要性吗……
你就那么轻易地
把身体交出去”……
如果我回答你们
我要的只是男人的怀
是一顿和平的早餐
是亲吻和抚摸头发
甚至是你们痛斥我
不懂的爱情
你们就满意了吗
我就会比现在
更纯洁了吗
而我的身体是
怎么也交不出去的
谁也拿不走
谁也留不住
谁也不能把它和我
分开。哪怕在你进入的
某个瞬间。哪怕我宁愿
死在这瞬间,我仍然是那个
独自死去的人

——均选自尹丽川:《因果》,海风出版社 2006 年

殷龙龙

和翟冲小聚

昨天我们说起小时候的事儿
你说你的
我说我的
吱喽一口酒
吧嗒一口菜
整个餐馆没有几个听客
我们四十多了
还跟孩子一样
说着：弹球，绷弓子，抽汉奸，拔根，拍婆子
你说你抓瓷片能到六抓
外加一提溜
一蛐蛐罐的弹球全输了
那是拿家里的粮票偷偷跑到护城河边换来的
出去时带着链子枪
没敢亮出来
大孩子截住你
说句好听的，给他半截烟
敢吱拗吗他掂着板砖呢
回家我爸翻出了那把链子枪
就一顿臭揍
我知道这是大妹妹告的状，她嫌我没买猴皮筋

隔着窗户纸我当时运一脑门子气
这是哪出儿啊

——选自殷龙龙：《单门我含着蜜》（自印），2012年

于坚

青瓷花瓶

烧掉那些热东西
火焰是为了冷却不朽事物
冷凉之色为瓷而生
一点青痕仿佛记忆尚存
感觉它是经历过沧桑的女子
敲一下传来后庭之音
定型于最完美的风韵不会再老了
天青色的脖颈宛如处子在凝视花之生命
内部是老妇人的黑房间
庭院深深深几许
怎样的乱红令她在某个夏日砰然坠地却没有粉碎
已经空了些年
那么多夏季之后
我再也想不出还可以把什么花献给它
有一次我突然把它捧起来
察看底部

巴望着那里出现古怪的文字
却流出一些水来

——选自陈义芝主编:《2009台湾诗选》,台北二鱼文化事业有限公司2010年

观伦勃兰晚年的一幅肖像有感

把画笔搁在卫生间的玻璃台上
继续没干完的活
洗澡刮胡子刷牙
剔干净昨天的缝
歪头看看当前的自己
堆积的颜料又松弛了一块
也发现了那个新来的疣在左腮
夏天的某件事通过它实施了报复
回忆中只有蝴蝶飞过啊
怎么如此严重牙齿更黄了龙头漏水
一松手肥皂就色眯眯溜进了浴缸
弯腰时马蹄再次袭来他骑过时代
直到自己被驯服剃刀在握
却没有什么可以收割
大师都已秃顶
那道红色暗痕又怎么回事?
他者的谋杀却由自己的皮肉承担
镜子上这个老奸巨猾的男子总是想躲去

难道一切都是他干的？
抹开一脸的肥皂沫
他自己对自己说
我述说你所见

——选自于坚：《我述说你所见：于坚集1982—2012》，作家出版社2013年

宇龙

特别快车

火车太快，我开始担心道路太短
担心一小时后，我会被送出大地
成为一个永远也回不了家的人

我的朋友，一直只有两个
但我们从未谋面，而且
由于我对他们了解得太多
他们从来都没有认真地打量过我

他们是书中最早出现的两个
一男一女，在风中
火车疾驰，前面的景色含混不清
前面的灯甚至不是灯

多年以前,那个说城市就要出现的人
此刻正在自己的座位上打盹

此刻那一男一女,在特别快车上
他们看上去是幸福的
但正是这种幸福构成了他们的悲惨结局

——选自邓一光主编:《汉诗》(第 13 辑),长江文艺出版社 2011 年

余怒

低　语

桥下,一条蛇在游泳。
脑袋昂起,凝视我数秒钟。
我觉得它传递给我
一种信息(这完全可能),
但究竟是什么,我也说不清。
河堤那边,椋鸟、
野猫和黄蛉在叫着。
各种语言的使用者不相
往来的妙处——谁安排的?
这些都是空间问题。还有这些。
那么长时间我在桥上,

感受流星的微小辐射。

——选自哑石主编：《诗镜》，成都时代出版社 2016 年

余千千

车　站

公共汽车像回形针穿过一个个站台，
站台是打开又关闭的空间，
紧挨着花坛生长。

我坐在车里看窗外，
车内一团漆黑。挽手走路的人喁喁低语，
他们蛋壳般的头靠在一起，
脑袋上画满离别的伤痕。

他们从长飘带的街道
吹进车厢，
窗帘吹起又落下。

月亮也钻了进来。
我凝望玻璃上月亮的眼睛就像是
你用月亮的眼睛同样凝望着我。

我说亲爱的,再见!
空无一人的站台,我用你的声音对我说。
那声音让人仿若置身梦境。

——选自中国作协创研部选编:《2015 年中国诗歌精选》,长江文艺出版社 2016 年

宇向

低　调

一片叶子落下来
一夜之间只有一片叶子落下来
一年四季每夜都有一片叶子落下来
叶子落下来
落下来。听不见声音
就好像一个人独自待了很久,然后死去

——选自《星星》2004 年第 3 期

阳光照在需要它的地方

阳光照在需要它的地方
照在向日葵和马路上

照在更多向日葵一样的植物上
照在更多马路一样的地方
在幸福与不幸的夫妻之间
在昨夜下过大雨的街上
阳光几乎垂直照过去
照着阳台上的内裤和胸衣
洗脚房装饰一新的门牌
照着寒冷也照着滚落的汗珠
照着八月的天空，几乎没有玻璃的玻璃
几乎没有哭泣的孩子
照到哭泣的孩子却照不到一个人的童年
照到我眼上照不到我的手
照不到门的后面照不到偷情的恋人
阳光不在不需要它的地方

阳光从来不照在不需要它的地方
阳光照在我身上
有时它不照在我身上

——选自《新汉诗》2003年总第一卷

余笑忠

野鸡翎

我不知道父亲如何捕获了一只野鸡

当他年近七旬
没有猎枪，没有弓箭，甚至
没有好视力
他一定激动过，为从天而降的好运气
同那份得意相比，野鸡的美味
都不值一提
他留下了一根野鸡翎
作为礼物送给了他的孙子
我们一度把它黏在房门上
没有任何寓意。最多如其所是
来自一只飞禽，美丽，时日难易其色
也许父亲暗自想到的只是：此物在世的日子
会比他长久后来果真如此。只是我永远不知道
父亲如何在暮年捕获了一只野鸡
这个一生没有宰杀过一只家禽的人
当他看到我冥思苦想
兴许会笑起来
要我们承认他终于
赢了一回

——选自诗生活网诗人专栏“醉生梦死”

俞心樵［美国］

秋风起

秋风起于名古屋
到大阪城的路上

沿途不少别人吃过的东西
自然是由别人接下来再吃

其实我也只能吃一些剩下的东西
我只能吃星星和秋千吃过的东西

大阪城的街头音乐会
已经西化了两三百年
小儿子看了不虚此行

而奈良东大寺内皇帝骑过的神鹿
散发出的怪味令孩子们欢呼雀跃
一朵朵乌云也散发着同样的味道

从奈良又折回爱知县某座山上泡温泉
信号不好并不意味着沿途风景也不好

明天我们要去富士山看一看

富士山人是看不到富士山的

——选自俞心樵新浪微博

余秀华

你说抱着我，如抱着一朵白云

木质楼梯。空气里晃动着小粒蝴蝶
为了捕捉那些细语般的战栗，我一次次探头，走神
阳光透过古老的百叶窗，轻描淡写地往下落
香樟树的气味里有蠕动的小花虫
它们的腹部有光，正在完成另一次折射

你的喉结滑动了一下，身上的气味停顿了一下
此刻，我们在第一层楼梯和第二层的连接处
我以为已经够了，但是你还在往上走
不高的合欢在不停地炸开
此刻，天空适合昏暗，适合从街上传来警报

——选自周瑟瑟、陈亚平主编：《新世纪中国诗选》，白山出版社 2015 年

余旸

2060 年的野草颂

它们顺雨而长，从头盖骨里抬起身；
它们废了常年干涸的河道，让儿时捕猎的鱼群
栖息在它们发达的根毛里（不怕，我们暂时有电瓶
　打鱼）。
它们抢占了被荒废的农田。
它们还在长，铺延漫漶。
一阵阵热雨召唤它们东征。它们侵入了
带锁的台阶。疯长着，它们包纳了更多的家禽
把狗进化为狼，让猪长出獠牙，尖尖的。
可是还不够，它们还在长。
它们聚集着，召唤出曾被人制服的天灾，来威吓人；
把村庄覆盖为原始草林。
农人们的黑手拿起了鼠标，掉头向南时，
疯草就在背阴处唱歌奔跑。
去小学校的款款小路，像猎人埋伏下的陷阱。
野草都长到他们的膝盖了，小学生还在埋头画漫画。
而床铺上运动的两个人，一停止，
疯草就将从他们的眼睛里长出。

——选自张伟栋编：《中国新诗百年大典·第二十九卷》，长江文艺出版社 2013 年

袁绍姗(澳门)

赛狗场

我不会问这种傻问题,比如
狗为什么要跑?
它可以拒绝奔跑。我也不会问,比如,
为什么要追逐一只电动小白兔?
它可以拒绝速度。

进步主义的歌在奏鸣,
机器的工作是损耗它们;
我也曾在那里跑,晒黑了童年,
如今被单调的工作反复按摩、撕裂。

闸口已开,有人
不断把起步钟敲成蜂窝。
女人们在黑夜也戴帽坐着,
我也坐着,用十指敲打键盘,
格力狗在沙圈,四肢跑输了它的轮回、地狱。

仿佛上场的只等待完场,
仿佛它们躬成一个问号就是答案,
仿佛世界非黑即白,

分成主人工人、赌徒看客。

与别的不同的它们继续演着喧闹的默剧，
我们这种忠诚的朋友，
必要时会撒一泡尿来回答。

——选自《台港文学选刊》2017 年第 4 期

臧棣

夜鸟丛书

我梦见，我们在一起时一直是三个人。
你说，那另外一个其实是只鸟。

我叫你的名字时，那只鸟也一直叫。
你叫我的名字时，它仍在叫。

它的叫声，像一根缀着夜露的管子，
从黝黑的窗外伸了进来。

我们安静下来时，它的叫声依然持续不断。
它的叫声有确定的含义，只是里面没有一个名字。

它的叫声里包含着一种更大的呼唤。

以前,我以为那不可能存在于人的叫喊之外。

纪念保罗·克利丛书

认识你是因为罪。一个线条丰腴的女人,
你画下了她。这也许是重新认识世界的一次机会。
一个女人就能解决全部的问题。至少,你曾这么设想过。
要么就是,你曾处理过这样的灵感。
你决定让她不穿衣裳,躺在树杈上。
而在以前,她只习惯躺在沙发上,或床上。
你做了一个伟大的艺术家能做的事情——
仅仅是改变背景,就改变了一个人的未来。
那年我十六岁,因为读《红字》而没有完成
数学作业,因为读《呼啸山庄》而发现
自我是可以改造的,因为读《理智与情感》而陷入
白日梦,而移情就是用苍蝇拍敲打《忏悔录》;
如果有真相,如果你真想了解的话,
那么,是巨大的诱惑充实了我。那也是
我第一次认识到我的身体并不完全属于我。
我反抗,于是又意识到我的身体
经常不在我的肉体里。在三四米之外,
我的身体会变成一棵枣树。院子里有两棵树,
一棵是枣树,另一棵还是枣树。
这不是废话,这是一种节奏练习,
牵涉到你究竟想把世界摆在什么地方。

直到现在，仍是诱惑在充实着我。
所以，我的情况和他们不太一样。
每隔八年，我都要引用一次你的话——
我多么想谦卑地跪下来，但跪在谁的面前呢？

——均选自臧棣：《慧根丛书》，重庆大学出版社2010年

张堃（台湾）

越南咖啡

革命早已结束
咖啡依旧飘着
解放前散不去的回忆
那些矮小个子的妇人
全都穿上飘逸的薄纱长衫
缓步走在大街上
迎风招展
老式的脂粉香味
嘈杂的市声中
我正喝着一杯
调了不少旧社会元素
又添加了半调子巴黎风情的
过时的

异国情调

——选自焦桐主编:《2016台湾诗选》,台北二鱼文化事业有限公司2017年

张曙光

作品讨论会

漂亮女士微笑着坐在一群发言者中间
她的一部新书刚刚问世,被他们赞美
那些男人们,有的很老了,却依旧充满着
激情,把一束束鲜花送到了她的脚下
她大方而得体,保持着必要的谦逊
满足中稍稍带点厌倦。哦,她真的可爱
懂得如何把一只只野兽,驯化成为
马戏团里的动物。而她的皮鞭,只是
流动的眼波。他们也足够聪明:为了
接近她,甘愿成为她下一部书中的角色

——选自《诗林》(单月号)2011年第1期

张桃洲

在夏天(悼念赖彧煌博士)

在夏天,一个人
关闭了所有的信息通道
仿佛要出一趟远门

这个游戏的套路我们
很早就熟知
但他更像是回避
一个重大历史时刻:风云
已经蓄积,掌声亟待爆发
满屏的欢呼对于他
犹如叹息

他生性羞怯
刚过了卡夫卡的年纪
与克尔凯郭尔同岁
但比他们更热爱亲人和生活
尽管众人起身高歌时
他也起身,却是
为了撤离

当然不得已的选择

是向文字撤离
退回到一种他者
一种完全“无名”的状态
像所有远游的人
扔下我们在此岸边
继续茫然无措

——选自微信公众号“记忆之书”

张小波

深　情

不要在意我们将成为尸骸
不要在意尸骸将沉入泥土
不要在意泥土会填满眼眶
不要在意眼泪还会渗出
多余的头发,婴儿的头发
还会
在泥土里生长
不要在意被穿短袜的儿童
踢出我们的骷髅
他和她,一排排摆正
这深沉的军队
这露出神秘笑意的军队

这撕掉臂章的军队
不要在意他们抠出眼眶里的泥土
只是,只是泥土坚持自身的视觉
转向孩子们的上空
骷髅调整站姿,使之更适合思考
不要在意一队重型卡车碾过
孩童奔逃,鸟群高飞
不要在意一把巨斧收集的海水
供祭奠之用
在更深更深的深渊
那枚紧咬手指的戒指
悄然松开了。哦,鸟群高飞
哦,孩童奔逃

——选自伊沙主编:《新世纪诗典:第五季》,浙江人民出版社2016年

张尹

居留地

乡下,山上的坟场
杂草中,一座座坟墓
有名的和无名的
零星分散着

也有连在一起的
那是夫妻,父子,母子,各种亲人
在另一世界
组成的家庭
就连王原与李小美
生前不能好好相爱
现在
也在这块居留地里
厮守在一起,像一对恩爱的夫妻

——选自《钨丝》2018年5月总第三期

张永伟

喝水的小鸟

我坐在湖边,看见一只小鸟
飞来喝水。我一直那么坐着,它可能
以为我是一截没有危险的树桩

它在水边轻巧地跳了两下
就喝饱了。我忽然觉得自己像
水珠那么饱满、感动

树木把枝影落在我的肩上

像兄弟那么亲近,却不给我的肩头
增添一点重量

喝饱的小鸟,昂起脑袋叫了两声
像是对湖水表示感谢。我和它
一起飞走了,留下一截没有危险的树桩

——选自吕叶主编:《70后诗选编》,长江文艺出版社2016年

张远伦

河心洲之鸟

一枚鸟蛋
将自己慢慢变成空壳

我喜欢寻找那些遗留在草丛间的空壳
布满麻点,轻轻一捏
就会碎了

河心洲之上,洁净的天空
定有一只小水鸟
是从我掌心的空壳里飞出去的

我没有捏碎它
我怕看见正在掠飞的那一只
突然痉挛一下

——选自微信公众号“羁縻城”,2018 年 5 月 2 日

张枣

父 亲

1962 年,他不知道该怎么办。他,
还年轻,很理想,也蛮左的,却戴着
右派的帽子。他在新疆饿得虚胖,
逃回到长沙老家。他祖母给他炖了一锅
猪肚萝卜汤,里边还漂着几粒红枣儿。
室内烧了香,香里有向上的迷惘。
这一天,他真的是一筹莫展。
他想出门遛个弯儿,又不大想。

他盯着看不见的东西,哈哈大笑起来。
他祖母递给他一支烟,他抽了,第一次。
他说,烟圈弥散着“咄咄怪事”这几个字。
中午,他想去湘江边的橘子洲头坐一坐,
去练练笛子。
他走着走着又不想去了,

他沿着来路往回走，他突然觉得
总有两个自己，
一个顺着走，
一个反着走，
一个坐到一匹锦绣上吹歌，
而这一个，走在五一路，走在不可泯灭的
真实里。

他想，现在好了，怎么都行啊。
他停下。他转身。他又朝橘子洲头的方向走去。
他这一转身，惊动了天边的一只闹钟。
他这一转身，搞乱了人间所有的节奏。
他这一转身，一路奇妙，也

变成了我的父亲。

枯　坐

枯坐的时候，我想，那好吧，就让我

像一对夫妇那样搬到海南岛
去住吧，去住到一个新奇的节奏里——
那男的是体育老师，那女的很聪明，会炒股；
就让我住到他们一起去买锅碗瓢盆时
胯骨叮当响的那个节奏里。
在路边摊，

那女的第一次举起一只椰子,喝一种
说不出口的沁甜;那男的望着海,指了指
带来阵雨的乌云里的一个熟人模样,说:你看,
那像谁?那女的抬头望,又惊疑地看了看
他。突然,他俩捧腹大笑起来。

那女的后来总结说:
我们每天都随便去个地方,去偷一个
惊叹号,
就这样,我们熬过了危机。

——均选自张枣:《张枣的诗》,人民文学出版社2010年

张真[美国]

在美国

在美国
车窗开向历史的荒野
石头的波浪铿锵作声
我抵达一个新家:没有厨房

在美国,我想起那些日本的猫
没有尾巴,如同被阉割了

在山上山下的寺院里
与香客捉迷藏

在美国我将变成一只猫
有尾巴，但不会咪咪叫
栖息在一些白色的楼里
不回不带厨房的家

在美国一切关于漫游的记忆
扔到荒原里的旧车堆中燃烧
学会做一个哑口无言的圆
在不着边际的晴空下

——选自米家路主编：《四海为诗：旅美华人离散诗精选》，北岳文艺出版社 2014 年

张执浩

浮　云

我去过最高的地方是仙女山顶
我见过最高的树是山顶上的那棵老枣树
天黑之前天边很远
那里有一条焦枝铁路

一列火车需要用一整天的时间来穿越我的世界
我去过最低的地方也是仙女山顶
我上山时太阳还没有出来
我下山了太阳还站在马太家屋后的梨树林中
我坚持在仰望与俯视之间寻找故乡的角度
我没有远大目标我没有
辜负当年送我远行的那列绿皮火车
也没有责怪昨天晚上带我回家的那个噩梦

——选自张执浩:《宽阔》,长江文艺出版社 2013 年

张子选

远方远了

远方远了
我牧放过的牛羊远了
爱人和她刻意为我
驻留过半晌的雨水远了
一如神佛远了、经幡远了
月光菩萨裸裎于午夜的
一段腰身远了
在青稞中禅坐的婴儿
和怀抱他的四季远了

我滞留于婚姻之外的
三声咳嗽远了
谁的前世做了我的今生也渐渐地远了
我遗落于人间的一枚锈蚀的蹄铁
和它曾经的行走远了

似乎一切正在起身离开
而我还装作刚刚到来

——选自《星星》(上半月)2005 年 5 月

郑单衣(香港)

从来也不曾

——给 M

从来也不曾有过这样的夜晚,为了
回去,我什么也说不出,任由地铁和出租车
摆弄——我不断掏着腰包,直到绝望
说出陌生的地址——我终于看见了你,远远的
站在那儿像在等另一个人
当我们拥抱,在末班车的尾部
我看见你远远地站在自己里面,你
没有地址,你
只是逗留,你

谁也不等

——选自宗仁发编:《2005 中国最佳诗歌》,辽宁人民出版社 2006 年

郑政恒(香港)

九月九日的两种天气

九月九日,是礼拜天
如果是晴天,花圃里的叶会微微舒展
也许升降机会载两个菲佣到地面
她们在街口分开到如常的老地方聚会
老人晨练、饮茶然后去下棋
信徒到教堂守礼拜
街上的行人比往日稀少
地铁和巴士的班次减省
没有几个人翻阅报纸
运动场和小区会堂的用途改变
图书馆九时正开门
书籍并排起立等待翻阅

九月九日,是礼拜天
如果不是晴天,也许微雨会渗入花圃里的泥

菲佣还是在老地方见面
信徒一如上周到教堂守礼拜
老人没有晨练、没有饮茶也没有下棋
街上只有两个行人
一个选择坐小巴
另一个选择坐巴士
他们都喜欢靠窗的位置
但唯有坐巴士的人看到
水滴点染小巴灰茫茫的上盖
慢慢地恢复物料原来的光洁与鲜红

——选自《字花》2012 年 9 月第 39 期

周伦佑

哲学研究

树木被自己的高度折断
飞鸟被天空拖累
镜子坐在自己的光阴里
沉溺于深渊的快感

一个部落的手写体
目睹落日的加冕仪式
粮食攻陷城池。羊群

在我身上集体暴动

——选自《星星·理论月刊》2011 年第 8 期

周瑟瑟

獭

坐在木桶里回家，它的叫声忧郁而古怪
夜行的弃妇双手抱住河滩，她痛哭远逝的人

獭是一个黝黑的幻想，在浮肿的大脑里
它的前腿趴在发亮的波涛上

它还是幼小的！那细小的眼睛闭着又睁开
那皮毛在阳光下一一竖起

獭的气息向整个河流扩散
獭集中了喧哗与沉寂，它是最暴烈的挣扎

夜行的弃妇最后看到獭的时候
那只神秘的木桶已从河水里消逝

——选自《新汉诗》2005 年总第三卷

周伟驰

蚁　山

跑步者拐入荒野时，有细枯枝坠落。
半人高的蚁山上，搬运蚁正衔了微木。
鹰，一动不动，顺着风的纹路滑翔，
正当流浪狗低下头舔自己的跛足。

蜂巢暴露了，蜂的腿弯抖落金色的粉末。
沿蜿蜒的山脚，一条溪水留下了河床。
多年前你细小的胳膊曾挥动，
指给我今天看不见的微景和远象。

——选自周伟驰：《避雷针让闪电从身上经过》，南京大学出版社 2013 年

周鱼

在 上 海

在上海时总有一个声音，玻璃片的
质感，我庆幸它出现在雾霾里，

又滑过地铁站前唱片推车播放的
小野丽莎,像割伤的喉咙掉进我心里。
在南京西路餐厅里的一份意大利面里
它消失,我进入雀跃。暂时它
在后方临时座上,观察我。
我庆幸那些日子我占据的只是
这座城的一小份微不足道的
荣耀,正如只是占据它的一小份伤害。
但后者显然位于一个更重要的位置。
呼吸的时候可以感受到的位置。
在呼吸里,隐藏那些玻璃片。
我庆幸在上海的那些日子我始终
是在它的外面生活,我从来不曾
成为那"内部的人",这样我可以
混迹在那些穿清凉吊带的姑娘
和戴礼帽的洋人之间,他们
看不出我满身坚硬锐利的鳞片,那么
自由,从商场的正门进入,又从偏门
出来,从偏门进入,从正门出去。
我若是一条鱼,这座城对我来说,
就是一片海,也可以救赎我。
它让我的里面疼得多,消失得也多。
我更害怕的总是,那危险事物的消亡。

——选自微信公众号"无限事",2018 年 5 月 2 日

偶　遇

站牌下就是一个新时空，置换她
为另一个。刚才那个她还在家中寒冷里
沉溺，但此刻，她只占有自身的
至多四分之一，剩余的则完全成为
陌生，自成一体，在她身上独立，
作为一种能量——当刚刚停靠的
一辆公车上某位乘客偶然投来的
悲伤的目光要求从她这儿把她
吸去，因为那可爱的事物，那相较于他、
她或他们都要显得永恒的事物——阳光
——透过树叶正洒在她身上，
她像一个二三十岁的女人，黑长发，
紫罗兰色外衣，竹叶图案的蓝裙子，
站在这里。她像是一个女人，像是一个
午后无伤亦无害的女人。
一个没有来历的女人，一个纯正的女人。
一种象征，站在这里。成为那个拥有
悲伤目光的白发老太太取走的一部分，被携带到
另一个新的时空，一个公园，一个
餐厅，或者一个家，一个急需用象征
来划开忧伤河流的家。

——选自《台港文学选刊》2016 年第 1 期

周云蓬

刷

蟋蟀在秋夜里刷东西
尤其是后半夜
刷得可起劲儿了
刷刷刷刷
把地刷白
把梦刷醒
要赶早上的飞机
起身收拾行囊
突然发觉
是下一个早上的飞机
杯子都装好了
电闸也关上了
这多出来的一天
计划外的昼夜
怎么处理?
换啦,换寸金啦! 寸光阴啦
还是自己留着
当平常日子过吧!

——选自周云蓬:《午夜起来听寂静》,十月文艺出版社 2017 年

周瓒

云与雪

——赠沈木槿

浮云游子意

——李白

关在屋子里,纽约和北京也没什么差别
走出公寓楼,沿阿姆斯特丹大道向南
高远的天空,几大片云彩也正赶路
它们感染了我的步调,哈！它们
和香山的雪景有得一拼

想当日你我身形闲散,伪装成冬天
灰蒙蒙的天际线下两棵安静的小树
可我们的话题总是泄露着气盛
一路上,为我们照相的朋友
或许已在心底里大笑了好几回

她是真正的看风景的人。
她是否碰巧窃听了我们的话题
她也是真正的游手好闲的人
我注意到,在你的房间里,本雅明的影像
刚好暗示了我们中谁正读着波德莱尔

阅读也是生活！不像他们说的
如此逻辑：在我们书房的门上贴个
知识分子的封条，于是雪景就成了阳春
把我们的秋天兑换成他们的愤怒
浮云的脚步就被我们听到了

踩着积雪，谨慎而不失优雅
虽然那细小的声响还称不上足音
顶多算是落下的雪参与了我们的谈话
但是，匆忙的云不理会我们说了些什么
她只将你朝我挥动的手臂推成记忆中的特写镜头

——选自《现代汉诗》2013年第5辑

朱剑

南京大屠杀

墙上
密密麻麻写满
成千上万
死难者的名字

我看了一眼
只看了一眼

就决定离开
头也不回地离开

因为我看到了
一位朋友的名字
当然我知道
只是重名

几乎可以确定
只要再看第二眼
我就会看见
自己的名字

——选自伊沙主编:《新世纪诗典:第一季》,浙江文艺出版社 2012 年

朱庆和

回　忆

我沿着村前的河边走
看见孩子们在斜坡上
他们找一种可以当
口香糖吃的野草

抽水机不断地把河水
送到两边麦地里
弯腰的农民抬起头
把杂草扔到田外

沿着河边走不会有错
虽然老石桥已消失
医院搬到了河这边
跟学校靠在一起

我离开了原来的村庄
又经过一片果园
剪枝的老头告诉我
沿着河边走不会有错。

——选自《诗选刊》2001 年第 4 期

朱文

道理都写在脸上

兄弟,对已经不多的单眼皮的女人,你有什么认识?
对下巴上长着一颗痣的女人,你有什么认识?
对有雀斑的女人、对有虫斑的女人,你有什么认识?
脸上什么也没有,连五官也淡淡的女人,你又有什么认识？

你对嘴上汗毛颇重的女人有什么认识？
你对后脑勺上长反骨的女人有什么认识？
你对高颧骨的女人、宽鼻翼的女人有什么认识？
你对眼白上有一块色素、看起来就像是日全食的女人又有什么认识？

对大街上已经太多的双眼皮的女人，你有什么认识？
对没有眉毛只有眉线的女人，你有什么认识？
对厚嘴唇的女人、对薄耳朵的女人，你有什么认识？
对鼻子和上唇之间很短、说起话来像兔子一样抽动的女人，
你又有什么认识？
有时生活就是这么简单，
道理都写在脸上

——选自《诗选刊》2001 年第 11 期

1970 年的一家

父亲是多么有力。肩上驮着弟弟
背上背着我，双手抱着生病的姐姐
十里长的灌溉河堤，只有父亲
在走。灰色的天空被撕开一条口子
远在闽南的母亲，像光线落下

照在父亲的前额逆着河流的方向。我感到
父亲走得越快,水流得越急

——选自郁葱、赵丽华编:《2000—2002 中国诗选》,诗选刊杂志社,2002 年

朱朱

读《米格尔大街》

温柔、苦涩的小书,
沿它的字里行间就可以
逛回我少年时居住的小街,
甚至连人物也很雷同,
伊莱亚斯当时就住在隔壁,
埃罗尔是我的同桌,至于
布莱克·沃兹沃斯,这你们
可想不到,我们中学的政治教师,
写有黑色的、卡夫卡式的短篇,
以化名发表,他劝我:“一生
很漫长,先想办法离开这地方。”

每一个人物似乎都可以
在这条街上找到原型,
他们已被我深深地遗忘,

重逢，发生在别人的书中，
发生在翻译里，发生在异国他乡。
文学企图穷尽旅行，而
在所有的路线中我发展了
自我放逐，那多么不够，
还需要回来，一次次地回来——
确曾在某个春日或夏日的午后，
当一阵风吹动整条街的窗帘，
我看见过生活的全部色彩。

暝　楼

——再悼张枣

玻璃门上留有你的指纹，
过道上有你的脚步声，
电梯摇晃如你喝醉的肩膀，
这幢楼有我进不去的暝色——
死，总是留下最完整
和最琐屑的：一个形象和
活过的证据。前者让赞美突然决了堤，
后者：锯子仿佛正沿墨线撤回。

——均选自朱朱：《五大道的冬天》，华东师范大学出版社 2017 年

邹汉明

一个人,没有同类

我现在变成了一个不太爱说话的人类
我的态度全在我的眼白、眼黑和眼青里
一天到晚,我的眼白还是
大于眼黑与眼青的总和

我现在活成了一棵同种异树
独自走出这座幽深如海沟的森林
我身后那个庞大而单一的群体
也不再来喊我回去了
回到它们的沉默之中

我的沉默有声不一定有色
我的左耳到我的右耳,始终有一颗响雷
贯穿一条幽暗的长廊
我全部的遗产不过是一条狭窄的凳子
一头是暗黑,一头是亮白,中间坐着我的背影

我现在变成了一个以背影示众的人
我的脸在渐渐融化,藏在很多不要脸的脸中
很明显,我的背影中间仍有一个背脊

它的暗度，与它的时代不构成一个平面

——选自邹汉明微信“米高梅”

邹静之

挽　歌

我将在一个秋天的傍晚死去
那是宁静到达的时刻
土地等待成熟的果实
秋天的力量，他的双手可以接收这一切

我将在死去后进入黎明
那是不一样的光芒，清晨
和人们醒来的不同
我的温热将与阳光相握

我将听到最后的风声和
鸡鸣，离开人类
在秋天什么能够阻止
成熟和决心

——选自《诗刊》2002 年 2 月号

附:《21 世纪两岸诗歌鉴藏(戊戌卷)》

编选后记

筹划这样一部选本,已经好几年了——我们试图打捞、甄别、编选出这样一部 21 世纪以来的汉语新诗诗选:书翻到每一页都会被它所吸引,每一页每一首,都会被亲爱的读者找到那些蛰伏在卷册中的确凿缘由。犹如博尔赫斯诗中所言,亡灵会在他们翻开书页的手指下复活。21 世纪近二十年以来,汉语新诗的发表与出版积累了大量的文本,这些被称为“诗”的文字在大面积刊发以后,是否有点缺乏筛选与传播之余的秩序整理?诗歌的无序堆砌、淤积问题,即巨量材料的流动性及其相互掩盖湮灭,随着网络的发达越来越明显,即便是作者们的同时代的人,了解与把握这一时期的真实状态、实际成就,萃取其诗歌精华也成了一件棘手和艰难的事情。

这是一个将 18 年的缺乏“剪辑”的诗歌“连续剧”反复回放、定格、特写、再回放的过程。某些声名显赫的诗人没有作品入选,有些诗人被选出来的诗的数量与他的名气不相称,那可能是他/她在这一段诗歌进程中没有作品被选中,也可能是由于编选者在选稿期间掌握的资料有限。当然,我们不排除,也很欢迎他/她将来会在下一部鉴藏中盛大登场。况且,诗歌本来就是以少胜多的艺术,不以量的多少论轻重自然是可以的。另外,有的我们选的是诗人和他的评论者认为的“代表作”,有的却未必是其引人注目的作品,也请留意其间的若干差异。至于某诗人选出与否、选出来多少,是针对文本本身反复掂量后的结果,可以说选编者也是“事后”才知道的(部分没能通过出版机构审稿的诗作,有些我们也没有来得及添补,有些我们意欲添补却一时找不到该作者合适的达标作品)。这本诗选里,读者会见到多位不出名的作者。被不出名的作者的作品所打动,是当代阅读中饶有趣味的事情。我们愿意相信,读者在其研读作品后会得到一些惊喜。我们知道,所谓杰作及其付诸流传的生命力,是建立在许多“当代”的同一类型的诗歌之上的。名作的作者不可能排除接受过同辈的诗人,甚或是无名诗人的启发或一种语境的感染,但最终留存下来的诗歌和诗人却是脱离了那些曾被“互文”过的作品及诗人:经典化的过程就是这样寡情。这些新人或暂时的“次要诗人”(艾略特语)在一部水准相对整齐的诗选里仅靠自己的作品赢得一席之地,这样的机会不是很多,我们吁请对这些诗人予以关注,而我们吁请的方式是,尽量使得全书的作品质量都在一个平均的海拔之上。恍然间——不知诸位能否理解与谅解——我们是在编选一部隐去了作者姓名的诗选,卷帙浩繁的诗篇美不胜收,作者的名字在读者要求知晓时,才有可能被查阅和告知——“人代冥灭,而清音独远”(锺嵘)。

我们还选取、采集在风格、蕴涵、韵味上与大陆诗歌同样不容忽视的港澳台地区以及世界其他各地华语诗人的优秀作品。其中对台湾诗歌的选编是本书系的亮点或重头戏之一。较诸大陆出版界因介绍与传播不够实时而导致这方面的信息匮乏,如台湾,我们则以呈现遍及各时代尤其对 1960 年后出生的诗人更为关注的视角,从大陆相对罕见的台湾各种诗选、诗报刊、个人诗集中,为避免大陆读者对台湾诗歌既有的“黑白胶片”印象,避免目前大陆编选的台湾诗歌选本以及刊物的相关栏目中诗作水平良莠不齐的遗憾，精心选出以21世纪刊发出版为主、当可刷新大陆读者目光的诗歌。我们如此选编，将带领大陆读者对台湾诗歌的认知往前跨越一步——在流沙河1983年版《台湾诗人十二家》、刘登翰1987年版《台湾现代诗选》、蓝海文1988年版《当代台湾诗萃》（上、下）等选本的基础上，对于其名尚未见于研究者论著的优质作品，我们大胆选入；对于大家耳熟能详的老诗人，我们也在避熟的原则下，挑选其他选本较少发掘的好诗。读者可从本鉴藏中，撷取由诗歌演绎的诗潮流变、诗人各自的诗风转向，进而或可发现两岸诗歌发展之异同。

我们做的是一项繁重、芜杂的淘洗、筛选工程，筚路蓝缕是为了择取语言的宝石和辞章的金子，虽然不能避免偶尔还会混入杂物和沙屑，虽然遗漏和遗憾也会发生。21世纪以来诗歌民刊与公开刊物（包括以书代刊的连续诗歌出版物）非常多，相应的奖项也层出不穷，选本每年也是批量推出，但根据我们多年的观察，不少读物对于专业研究者或创作者的泛读、精读益处还不够，对好诗的挖掘与对读者的启迪不尽如人意。这反映出21世纪以来诗歌标准的某些失据，也说明某些选家的选择方式与动态标准没有跟上诗歌潮流的涌动和变迁，或者说，无力发现把握住一个时期诗歌的内在流变机制，从而勾勒呈现出其真实的，建立在其艺术质地上的创造图景。

回顾既往，我们看到21世纪以来，没有如1978年底创办的《今天》和1980年代的《次生林》《现代诗内部交流资料》《非非》《他们》《海上》《大学生诗报》及公开报刊《飞天》《诗歌报》《中国》《关东文学》（可类比的有新诗发轫期的《新月》《现代》《新诗》和后来的《七月》《诗创造》等），以及1990年代的《倾向》《现代汉诗》《南方诗志》《翼》《北回归线》《锋刃》《诗镜》《诗江湖》和《诗歌报月刊》等那样聚集起一个时段的探索者群体的报刊，更没有如台湾地区《创世纪》(1954—)、《笠》(1964—)等诗刊那样跨世纪、全景式的至今仍然葆有活力的诗歌刊物。这令人想念多年前《朦胧诗选》(1985)、《新诗潮诗集》(1985)及随后的《探索诗集》(1986)、《中国当代实验诗选》(1987)、《第三代诗人探索诗选》(1988)、《中国现代主义诗群大观 1986—1988》(1988)、《情绪与感觉——新生代诗选》(1989),以及 1990 年代出版的《东方金字塔——青年诗人十三家》(1991)、《灯芯绒幸福的舞蹈》(1992)、《以梦为马》(1993)、《温柔地死在本城》(1993)、《苹果上的豹》(1993)、《后朦胧诗全集》(1993)、《中国诗选》(1994)、《后朦胧诗选》(1994)、《亵渎中的第三朵语言花》(1994)、《岁月的遗照》(1998)、《〈他们〉十年诗歌选》(1998)、《90 年代文学潮流大系:先锋诗》(1999)、《中国第四代诗人诗选》(2000)、《中国 90 年代诗歌精选》(2001)等虽然数量甚多,但仍具一定代表性,可作为一个时期的标杆,有效反映该时期成就的选本。那些选本经过交叉比对阅读后,可以比较放心,被认为基本可窥见那个时期的"全豹"。当然,也不排除有少数个别诗人隐没在这些"精英""经典"化了的选本作者名录之外。

综观而言之,21 世纪迄今,以各种名义频繁推出的选本虽然也对诗歌传播与留存有益,但却无法更有效全面中肯地展示该时段的新诗创作实绩——这涉及对 21 世纪汉语新诗创作的"当代性"判断:相当程度上已经进入了整合性的非风格化写作。当代汉语新诗如果还是以二十世纪八九十年代那种风格化、流派化、地域化作为采集架构和遴选标准,而不是完全洞察文本个案,即便名称出奇、形式翻新恐怕也是难以奏效的。鉴于此,江汉大学现当代诗学研究中心的核心专家团队出于新诗研究的需要,也同时出于整合一个时段诗歌秩序的责任,经过几年的准备和酝酿,决定编选这样一个系列选本。这个系列选本借用和秉持了傅思汉先生的一个理念，即把诗歌视为一个共享的行为，而不是个体诗人创作的集合。我们致力于尝试建造的正是一个断代的诗歌共享资料库。

每个入选的诗人人名就是一个“链接”点，每一首入选的作品就是作者的一张“全息”照片。诗歌进入了这样一个“共同体”之后，在某种意义上是难分伯仲的，作品的题材、风格、趣味，以及精神构造与语言形态（不可重现的灵感爆发与一次性诗歌技巧），使得作品的分量已经难以被更精确地衡量比较了。这也是我们第一卷就选出了1 000个左右页码这么大篇幅的作品集的一个重要原因。而令人欣慰的是，那种严格到苛刻的程度始终没有随书的厚度增加而松懈——厚的本质原因是诗质，到达某个水准的诗就这么多、这么厚重——这还是在我们尚未来得及完全收集的情形下。我们深知，经典终究是时间的产物，而诗性和优质诗歌的标准是在历史语境中不断变迁的，所以我们不敢轻言本鉴藏的选择与该时段最值得留存的文本的“耦合关系”是上佳的。

我们经历了好几年的诚惶诚恐，思虑再三，就像是在取舍自己的心血之作那样屏息凝神，就像是要颁发奖项一样掂量每一首入选的作品。我们对所有被选中的作者表达心中的尊崇与感激——也请原谅我们没能选入您更多的作品，因为我们是靠作品来诠解一切对我们这个选本的不解和疑虑，是依赖文本品质来抵御未来读者和新一代诗人的挑剔：面对历史的检验。我们还要对提供这个选本海量资料的个人和机构，对各位编委和本书的责编及出版社相关人员的辛劳表达敬意和由衷的谢忱。选本也是一种批评实践，也是反复探讨研究后的结果，但这个结果中定然还散布着诸多的失误和遗憾。我们希望得到业界同人的指导与反批评，更期盼得到每一位读者的真实反馈与直率的鞭策。[1] 毕竟，没有得到鉴别、鉴定、鉴赏的诗歌不值得收藏。毕竟，这是中国第一部赧颜动用了“鉴藏”这两个堂皇而郑重的汉字的汉语诗歌选本。

编选者

2018 年 11 月

① 敬告：由于编选所涉作品时间跨度大，作者分布地域广，未及与所选作者一一取得联系，请见谅。为及时奉上样书，请《母语之约》的有关作者与编辑倪贝贝 shellni@ 163.com、夏莹 silvermania@ qq.com 联系。地址：江汉大学现当代诗学研究中心 J16B410 室。